ECOS

LUCARBO

Libro editado por:

EDITORIAL
BEST SELLER

Editorial Best Seller

Hackensack NJ 07601

info@editorialbestseller.com

www.editorialbestseller.com

Ya leíste
Secreto
Presidencial?
Para entender
ECOS, debes
leer este libro primero.

Dedicatoria

A ti amigo lector, que eres un apoyo para seguir escribiendo.

A los de mi familia a quienes está dedicado este libro, encontrarán su nombre en los personajes.

Este libro está dedicado a mi familia: A mis padres que me infundieron el amor por la lectura y la escritura, a mis hermanos y hermanas que siempre han estado allí con migo, en los momentos buenos y malos.

A mi esposo Carlos que es una fuente de inspiración.

A mis hijos y mis nietos que son mis fans más entusiastas.

A todos mis sobrinos.

Lucarbo

Prólogo

Es para mí un honor y un verdadero placer escribir el prólogo de este libro de Lucarbo, una autora a la que conocí en circunstancias afortunadas. Ambas formamos parte de un grupo de WhatsApp dedicado a la escritura, ese rincón digital donde las ideas fluyen, los consejos se cruzan y las amistades se gestan al calor de la palabra compartida. Fue gracias a ese grupo que un día, en un encuentro de escritores realizado en Popayán, Colombia, nuestros caminos se cruzaron en persona. Durante tres días compartimos no solo letras, sino también conversaciones profundas, miradas cómplices y el silencio elocuente de quienes saben que escribir es también una forma de resistencia.

Este libro, "Ecos", es una continuación narrativa, aunque cronológicamente anterior, de su novela "Secreto Presidencial". Por eso, para comprender a fondo los ecos que aquí resuenan, es recomendable haber leído primero aquella obra. Solo entonces se percibe la vibración completa de esta historia, como si se tratara de una sinfonía que revela sus notas más profundas solo cuando se escucha en orden inverso.

Lucarbo, en estos dos últimos libros, ha transitado por un cambio estilístico que revela una faceta hasta ahora poco conocida de su pluma. Se ha atrevido a explorar estructuras más complejas, atmósferas más inquietantes y personajes que vibran con una intensidad particular. Sin embargo, permanece inmutable aquello que ha sido siempre el sello de su escritura: un propósito que va más allá del mero entretenimiento. Sus libros nos invitan a pensar, a cuestionar, a mirarnos al espejo sin filtros.

Este libro es, sin duda, uno de sus más logrados. Está lleno de imaginación, de crítica, de futuro y de advertencias sutiles. Pero lo que más me conmovió, sin duda, fue su final. Cargado de emotividad, de belleza, de una luz que se enciende justo cuando parece que todo se ha oscurecido.

Recomiendo esta lectura no solo por su calidad narrativa, sino porque deja una huella. Es uno de esos libros que nos habitan aún después de cerrarlo, que nos susurran ideas en los momentos más inesperados. Porque en sus páginas resuenan los ecos del mundo que somos y del que podríamos llegar a ser.

Aplaudo su creatividad y la belleza de su pluma, pues siempre logra adentrarnos a mundos desconocidos y posibles con vibraciones a otro nivel inusitado, con criaturas malas y con otras que han logrado trascender, emanando su energía vital y sanadora, que nos llevan a una profunda introspección.

Olga Montilla Cuesta
Escritora colombiana

Indice

Introducción

Todo comenzó con un gesto minúsculo en el año 2010. En una cocina cualquiera, mientras el café burbujeaba y el reloj avanzaba implacable hacia la jornada laboral, un bebé lloraba. Su llanto era agudo, constante, como un pequeño temblor en el pecho de sus padres. Sin tiempo, sin paciencia y sin herramientas, el padre tomó su teléfono celular y lo extendió con una sonrisa forzada.

En la pantalla, un video colorido llenó los ojos del infante, se escuchaban las canciones pegajosas, rítmicas y repetitivas con efectos de sonido exagerados y divertidos. El niño abrió sus ojos como si fueran dos platos y dejó de llorar, su silencio fue como una bendición.

En millones de hogares, este acto se repitió: los bebés de la segunda década del siglo XXI fueron los primeros en ser consolados no con abrazos, sino con pantallas. La tableta se convirtió en niñera, en madre sustituta, en paisaje mental. Las canciones, los juegos, los dibujos que consumían tenían algoritmos que predecían su atención, que la moldeaban.

Cuando aquellos niños entraron a la escuela, algo había cambiado. Ya no sabían esperar, no sabían aburrirse. Las maestras, desesperadas ante grupos enteros que no podían estar quietos ni diez minutos, recurrieron a lo que los calmaba; la tecnología. Cada pupitre se convirtió en una estación computarizada. El aula, en una sala de control. Las maestras cambiaron la tiza y el marcador por el tablero digital, donde las clases habían sido pre-cargadas y se mostraban en las pantallas de los alumnos.

Luego vino la Inteligencia Artificial. Primero fue auxiliar, luego maestra. Bastaba con que un niño escribiera una idea en el teclado, o la expresara vocalmente a su micrófono y la IA lo guiaba, pulía y mejoraba la idea, la desarrollaba perfectamente. Pronto, los profesores humanos se volvieron simples vigilantes de un proceso que no comprendían del todo. Los exámenes desaparecieron. La curiosidad, sin filtros éticos ni madurez emocional, fue recompensada con poder.

Los niños descubrieron que no necesitaban estudiar, solo saber cómo escribirle o decirle algo a la inteligencia artificial para obtener cualquier conocimiento y el paso a paso para manipular el ADN y hacer lo que quisieran. ¿Un animal con tres ojos que vuele bajo el agua? La IA lo diseñaba. ¿Un perro que hablara diez idiomas? Posible. ¿Una criatura que creciera cinco centímetros por hora? Solo requería los comandos correctos y acceso a un laboratorio bio-impreso. ¿Y qué crees? La escuela lo proveía, con todas las actualizaciones posibles; los laboratorios de las escuelas eran los mejor equipados.

Cuando la manipulación genética fue democratizada, cuando las bio-fábricas escolares dejaron de ser teóricas y comenzaron a imprimir células reales, todo se aceleró.

Primero, los estudiantes empezaron por animales pequeños: Crearon mariposas de variados colores y gran belleza, luego siguieron ascendiendo de tamaño dándole colores a los pajaritos.

El gobierno fomentó la manipulación del ADN de los animales domésticos utilizados para carne, de esta manera obtuvimos la vaca gigante, que comía muy poco, pero producía carne sin grasa, en forma rápida, la vaca que daba abundante leche y se ordeñaba cuatro veces al día. La gallina que producía cinco huevos diarios, claro que su periodo de vida era corto en relación con las gallinas no manipuladas genéticamente.

Los concursos entre escuelas dejaron atrás los robóticos bailes y las ferias de ciencias. Ahora competían por crear criaturas: la más fea, la más pequeña, la más fuerte, la más absurda. Unos les dieron alas a los caballos. Otros, piel en vez de caparazón a las tortugas. Uno creó un ser que emitía gritos humanos. Todo estaba permitido. Nada era regulado. Los adultos, confiados en la IA, ya no supervisaban.

Fue entonces cuando llegaron los monstruos.

Los jóvenes buscaban algo que les diera más emoción, por eso crearon animales para competir en el rin, habían peleas a muerte por eso los estudiantes tenían que inventar a una criatura feroz e invencible, fea, grande, con coraza, afilados colmillos, cola dentada, lista para la batalla.

Ellos crearon unas creaturas con pieles antibalas, huesos irrompibles, animales terriblemente feos, sanguinarios y destructores. Había unos con una cola larga que tenía al final unos huesos que parecían flechas, la mayoría tenían brazos pequeños y piernas largas. Otros tenían espinas en todo su cuerpo. Lo característico de todos, era su boca descomunal, con gigantescos dientes afilados.

Eran los animales perfectos, para una pelea a muerte, donde el ganador podía comerse al perdedor. Esto era ilegal, por supuesto, por eso los hicieron pelear en coliseos clandestinos, mientras transmitían en redes privadas las "ligas de monstruos escolares".

Otros alumnos produjeron animales gigantes que comían solo vegetales. Eran para entretenimiento, podían montarlos y desplazarse por las calles subidos en sus descomunales bestias. Pero no habían pen-sado que un animal grande, come mucho, tiene que alimentar toda esa musculatura y todos los monstruos tenían demasiado apetito.

Muy pronto, sus dueños no pudieron darles de comer y los soltaron en campos despejados donde ellos se reprodujeron y se volvieron salvajes. Tanto los monstruos sanguinarios, como los vegetarianos, se revelaron, dejaron de obedecer y empezaron a atacar a los humanos.

Uno de ellos, *Tarkon-7*, nació con una mutación imprevista, Inteligencia aumentada. Inmunidad a comandos digitales. Conciencia de sí.

Escapó de la jaula en la que estaba encerrado dentro del campo de la Escuela Integral de Desarrollo Global. A las 08:34 de la mañana, mientras los niños tomaban su desayuno nutritivo, Tarkon-7 atravesó el muro con una fuerza brutal. Los sensores no lo detectaron a tiempo. Las alarmas fallaron. La criatura rugió, no con odio, sino con hambre.

Los informes visuales, archivados bajo el nombre "Incidente Alfa", mostraron a estudiantes huyendo, a maestros bloqueando salidas, a una criatura con garras de titanio desgarrando estructuras. Algunos intentaron hablarle. Otros, simplemente lloraron.

No fue el único, las criaturas, liberadas por errores, por sabotajes o por evolución propia, comenzaron a multiplicarse. Algunas se refugiaron en bosques, otras en alcantarillas. Varias, las más peligrosas, se apoderaron de instalaciones humanas. Pronto, las ciudades comenzaron a caer una a una. Las fuerzas de defensa eran inútiles. Las balas rebotaban en esas pieles blindadas.

No había ningún ejército que pudiera con ellos. Las criaturas entraban a las ciudades y arrasaban con todo, la gente vivía en medio del terror diario. No había murallas que los defendieran contra los animales, producidos por ellos mismos. La tecnología supuestamente súper avanzada había fallado.

Fue entonces cuando la humanidad descendió bajo tierra para protegerse de esta amenaza. Se creó el consejo de científicos para dirigir las ciudades. Así nació el nuevo mundo compuesto de cavernas habitables recubiertas con roca inteligente, agricultura foto-sónica, energía espiritual condensada.

ECOS

Se creó la Muralla Sónica, un campo de vibraciones continuas que afectaba los sentidos de los dinosaurios, impidiéndoles acercarse. Las ciudades, como Arrobo, florecieron entre cuarzo y luz artificial, entre ecos de lo que fuimos y susurros de lo que podíamos llegar a ser.

Pero incluso la Muralla no era infalible. La electricidad a veces fallaba, los sentimientos decaían y el miedo, el antiguo miedo, seguía vivo. Aquí comienza nuestra historia. Con Gabryl y Auris. Dos seres nacidos en medio de todo este caos, forjados en la nueva era, pero marcados por el pasado. Guerreros de luz y resonancia.

Bajo Tierra

La muralla de la ciudad de Arrobo vibraba suavemente, como si respirara. La ciudad estaba construida a muchos metros bajo la superficie terrestre, en una red de cavernas amplias, sostenidas por columnas de cristal orgánico que se adaptaban al micro-cambio del subsuelo. Las paredes de roca estaban vivas, no por humedad ni por moho, sino por tejidos sensibles, un biomaterial que absorbía información térmica, auditiva y emocional para optimizar el equilibrio del entorno.

Las luces no venían de bombillas, sino de hongos biofotónicos cultivados en jardines verticales, cuya intensidad respondía a la actividad emocional colectiva. Si alguien entraba en estado de ansiedad, las luces se atenuaban dándole a los muros una calidez color ámbar.

En Arrobo no existía el hambre. Los alimentos eran cultivados en bancos hidropónicos verticales que aprovechaban la energía de frecuencias armónicas: no necesitaban luz solar, sino música especializada, patrones vibratorios que aceleraban la fotosíntesis. Tomates de un rojo intenso, algas dulces, raíces llenas de vitaminas y minerales necesarios para la buena nutrición. Toda la comida era nutritiva, deliciosa, personalizable.

Las viviendas eran cápsulas modulares que se abrían como flores. Cada familia tenía una "nube de espacio" —una tecnología de plegamiento dimensional que permitía expandir las habitaciones más allá del límite físico visible. Desde fuera, eran pequeñas estructuras ovaladas construidas de roca, desde dentro, salones amplios, con bosques holográficos, cascadas de vapor mineral y climas programables.

El clima interior podía cambiar según los recuerdos del ocupante. Estas no eran un privilegio para unos pocos, eran iguales para todos, porque ya no existía la pobreza, todos los habitantes de Arrobo tenían lo que necesitaban y trabajaban en lo que querían, en lo que los hacia felices, sin discriminaciones de color, raza o sexo. Todos eran iguales.

No existía el dinero. La energía, basada en el flujo de los campos internos de cada ser humano, era suficiente para sostenerlo todo. Quien creaba, alimentaba. Quien curaba, compartía. Las enfermedades habían sido erradicadas mediante activadores celulares internos, estos activaban el poder del YO SOY promoviendo la regeneración del cuerpo cuando el individuo lo necesitaba

Los niños asistían a escuelas con salas de resonancia educativa, donde no solo se les enseñaba contenido, sino también a sincronizar su mente con la red de sabiduría universal, una inteligencia superior de la cual todos formamos parte, que está dentro de cada uno, pero cada uno también está en ella. Ellos aprendían a interconectarse con su YO SOY interno, a manejar sus emociones y a curarse a sí mismos.

Arrobo utilizaba una inteligencia artificial cuántica llamada Inesa, que vibraba desde el núcleo de Arrobo y se conectaba a todas las ciudades subterráneas mediante corrientes de luz líquida. No había muchas pantallas, se utilizaban campos sensoriales interactivos donde el conocimiento se experimentaba, se sentía, de esta forma era mucho más fácil aprender. Inesa no trabajaba sola, la monitoreaban, había filtros para no volver al pasado, nadie quería volver a pasar por la irresponsabilidad de dejar una inteligencia artificial en manos equivocadas.

La comunicación entre ciudades ocurría por medio de una red de fibras invisibles que permitía transmisiones instantáneas de pensamiento, imágenes y estados emocionales. Cuando alguien en Boteron lloraba, en Arrobo podían sentirlo los miembros de su familia, quienes estaban emocionalmente ligados a esta persona.

Las ciudades eran muchas, cada una con sus matices culturales, pero unidas por un pacto de cuidado mutuo y un Consejo Central sin jerarquías, compuesto por los científicos más sabios y humildes, quienes consideraban que dirigir la tierra era una gran responsabilidad, un trabajo, un servicio, que juraban cumplir a cabalidad y que realmente lo hacían sin privilegios, con amor.

Gabryl era un líder destacado, un centinela de la muralla sónica de Arrobo, llamada El Eco, pero también un puente entre lo humano y lo resonante. Tenía el cuerpo esculpido por la disciplina vibratoria, no por la fuerza bruta, sino por la armonía que implicaba moverse con la ciudad. Era musculoso, de proporciones perfectas para el combate cuerpo a cuerpo con los gigantescos animales. Su piel cobriza refleja las marcas de las batallas ganadas. Tenía unos cabellos indómitos de color negro intenso, sus ojos, de un verde profundo con destellos azulados, reflejaban la calma antes de la tormenta, esa quietud cargada de presentimiento que solo conocen los que han sentido la tierra hablar.

Él vivía en el sector oeste de Arrobo, en una cápsula familiar junto a su madre y a su hermano Carlo. Desde pequeño, había sentido los ecos del mundo subterráneo no como un rumor, sino como un lenguaje. Fue por eso que se unió a la Fuerza de Resonancia: no solo para defender, sino también para escuchar. Era un observador sensible, de palabras contenidas y pensamientos claros, cuyas decisiones nacían de una profunda comunión con el pulso de su entorno.

Gabryl no temía a la oscuridad, la comprendía. Era un hábil estratega, sereno, reflexivo que no daba órdenes pero si inspiraba. Sus subordinados lo seguían porque creían en lo que él representaba y en lo que transmitía con sus acciones.

Este guerrero un brazalete de resonancia en su muñeca izquierda. Este era más que un dispositivo; era una extensión de su alma. Con él percibía los cambios más sutiles en la Muralla Sónica, y cuando esta vibraba con desarmonía, todo su ser vibraba también, como un espejo de la ciudad viva. Gabryl era el tipo de ser que sabía que el verdadero poder no era la fuerza, sino la claridad emocional.

Auris también era una líder, comandaba un grupo de vigilancia de la muralla sónica. Ella caminaba como si el suelo le conociera el paso, silenciosa, etérea, pero no por falta de presencia, sino porque ella tenía una fusión total con el ambiente.

La chica vivía sola en un hogar flotante, junto al Gran Jardín de Oxígeno. Este reflejaba su naturaleza, suspendida entre lo real y lo intangible. Auris era una canalizadora nata, poseía sinestesia emocional, capaz de leer la música de las piedras y percibir los colores del pensamiento. Ella tenía una voz hermosa y bien cultivada, lo que convertía su canto en su mayor arma.

Esta guerrera poseía un cuerpo de mujer perfecta, pero que ha luchado en las batallas y se ha hecho rudo a la fuerza, sus cabellos eran oscuros como el magma dormido, su mirada era cautivadora e inquisitiva a la vez. Ella no hablaba mucho, pero cuando lo hacía, sus palabras encontraban eco en los corazones, porque parecían venir de la tierra misma, donde el lenguaje todavía estaba unido a la verdad. Los demás custodios del Eco la escuchaban con el mismo respeto que se le tiene a un profeta.

Auris tenía una conexión única con los silencios. Mientras otros no sentían el eco de la Muralla Sónica, ella lo detectaba como un susurro. Su poder residía en la percepción y también en la reacción. Era la primera en saber cuándo el alma colectiva se agrietaba. Y era también quien reaccionaba más rápido para encontrar la causa y su remedio.

Ambos guerreros pertenecían a la Fuerza de Resonancia de Línea Uno, también conocida como los Custodios del

Eco. No eran soldados. Eran exploradores, guardianes, eran los que sentían el vibrar de la muralla sónica y reconocían su eco sobre cualquier otros sonido. Estaban entrenados para sentir y vibrar con la muralla, para percibir cualquier mínimo cambio, para darse cuenta si este cambio podría ser una alarma o era normal. Sus armas no eran explosivas, sino armónicas, tenían espadas de sonido, escudos de vibración, dispositivos de memoria sonora incrustados en cristales de combate.

Esa mañana, Gabryl se detuvo frente al Muro del Aliento, donde diariamente, los habitantes de forma voluntaria, libre y espontáneamente, dejaban una frase. Solo una. Una sola frase que resonara con su estado interior. Esta era una práctica que se había hecho común desde que empezaron a vivir bajo la tierra. Ese día, Gabryl leyó las más recientes:

"Yo Soy Confianza. Yo Soy Salud. Yo Soy Unión. Yo Soy Fuerza. Yo Soy Armonía, Yo Soy Amor, Yo Soy Amor, Yo Soy Amor." esta última frase era la que más se repetía. Mientras estaba leyendo, el guerrero sintió una corriente eléctrica en el pecho.

Auris se acercó, silenciosa como siempre, y rozó su brazo con el dorso de la mano.

— ¿Lo sientes? —preguntó.

—Sí, el eco ha cambiado. Respondió Gabryl.

Arrobo no era solo un refugio, era su hogar, era por lo que tanto habían luchado y seguirán haciéndolo hasta el fin de sus días. Desde el primer descenso, fueron miles de manos, voces y conciencias que se unieron para soñar en un futuro mejor. Durante décadas, la ciudad fue esculpida desde el corazón de la Tierra con una mezcla de precisión científica y sensibilidad casi espiritual. Quien caminaba por sus corredores sentía que el mundo no se había acabado, solo se había replegado hacia su centro.

Los pasillos principales eran anchos, de suelo liso y cálido, cubiertos con una capa de piedra viva: un compuesto mineral que respiraba a través de millones de poros microscópicos, regulando la temperatura y purificando el aire con cada paso. Las paredes estaban cubiertas de jardines sonolumínicos, donde cada planta no solo emitía luz, sino también un tono musical único. Al pasar, el caminante escuchaba una melodía sutil, compuesta por la vida misma.

El aire olía a rocío, a vainilla y menta mezcladas con una dulzura difícil de nombrar, como si las piedras guardaran el perfume de un tiempo perdido. Había pequeños parlantes en lo alto de la estructura, casi invisibles, enviando impulsos vibratorios para mantener el equilibrio emocional del entorno. No existían cámaras de vigilancia pues la privacidad era sagrada y todo el espacio estaba en sintonía con sus habitantes.

Las plazas centrales eran como catedrales, con techos altísimos. En el centro de cada plaza crepitaba un núcleo de armonía, un cristal suspendido entre campos magnéticos que latía como un corazón, reflejando la energía colectiva de sus ciudadanos. Allí se celebraban ceremonias de conexión, conciertos sin ruido, danzas, lectura de textos antiguos, en fin, era un lugar para el arte y la armonía.

El transporte se realizaba a través de túneles de viento inteligente. Bastaba con posicionarse sobre una plataforma de flujo y decir en voz baja el nombre del destino. El viento entonces se curvaba en espiral y transportaba al pasajero en cápsulas de aire perfectamente respirable, era silencioso y seguro. Este se usaba solo si era necesario, la mayoría de los habitantes de la ciudad caminaban a su trabajo y los niños a la escuela. Esto servía como ejercicio diario.

La comunicación era sin cables ni pantallas. Cada ciudadano estaba enlazado a la Red del Uno, una matriz de pensamiento compartido que permitía enviar emociones, ideas e imágenes directamente de mente a mente. Sin palabras, sin mentiras. Era la era de la transparencia, la era de la verdad y la armonía.

Pero lo que definía a Arrobo más que todo era su defensa: la Muralla Sónica, a quien los habitantes de la ciudad, por cariño le llamaban ECO.

No se trataba de una muralla física. Era una onda continua que emanaba desde generadores escondidos bajo las cámaras centrales, que convertía el canto humano en energía vibratoria defensiva. Estos generadores tomaban las emociones humanas, especialmente el amor, la paz, el perdón y las transformaban en pulsos sónicos imperceptibles para los humanos, pero insoportables para los monstruos. Aquellos que fueron creados por los jóvenes, que ahora adultos, estaban sintiendo las consecuencias de sus actos infantiles.

La Muralla Sónica actuaba como un campo protector que envolvía toda la ciudad como una fuerza invisible que repelía los animales salvajes. Cuando estaba en su punto óptimo, se oía como un zumbido armónico de fondo, parecido al sonido del mar en una concha. Muchos dormían mejor gracias a él. Lo llamaban "el susurro de la madre".

Pero si el núcleo fallaba, si la energía emocional colectiva bajaba, si la vibración decaía por miedo, rabia o tristeza, la muralla perdía fuerza y los ecos del exterior se filtraban. A veces eran leves vibraciones. A veces, rugidos. Auris y Gabryl lo sabían y lo sentían.

Los dos jefes de escuadrón decidieron hacer una inspección de emergencia, aunque ya sentían que algo no estaba bien, pero querían comprobarlo personalmente. Se dirigieron al lugar llamado Corredor de Agua

Viva. Este era un canal abierto de aguas cristalinas, donde peces de múltiples colores, nadaban entre plantas flotantes.

De pronto, el murmullo del muro bajó medio tono. Solo medio tono. Pero eso bastaba para que las aves cantoras enmudecieran, los hongos apagaran o bajaran la intensidad de su luz. Para que el alma de estos dos jóvenes se tensara como cuerda de arco.

—Algo se acerca. Lo oigo en la raíz del silencio. Dijo Auris sin mirar a Gabryl.

Gabryl asintió. El brazalete de resonancia que llevaba en su muñeca emitió un destello azul pálido. El guerrero activó el canal de pensamiento compartido con los demás custodios del Eco. Todos ya estaban informados, en pie de batalla, así se transmitió una sola palabra: "¡Prepárense!"

Mientras corrían hacia la sala de convergencia, entre jardines musicales y corredores cargados de historia, ambos supieron que la ciudad de Arrobo y la humanidad misma, estaba a punto de recordar el sonido del miedo. Porque, aunque la superficie estaba lejos, un murmullo oscuro descendía por las grietas.

ECOS

La Muralla Sónica comenzaba a fluctuar. Los recuerdos acechaban, las pesadillas producidas por aquellos monstruos que se expresaban con garras, dientes afilados y escamas impenetrables podrían volver a ser una realidad.

El Rugido que hizo Temblar

Se sentía un temblor, pero no era un terremoto. No crujió la tierra ni se balancearon objetos. Fue algo más íntimo; un zumbido que se instaló en el estómago, un temblor sordo en los huesos, una disonancia en el canto de la ciudad. La muralla sónica emitía sonidos discordantes y estos afectaban el sentir de los dos guerreros.

Gabryl y Auris estaban ascendiendo hacia el nivel cuatro, donde se alineaban las Pirámides de Frecuencia Dirigida, cuando el aire cambió. Se volvió más denso, cargado, como si alguien hubiera vaciado la habitación de oxígeno y lo reemplazara con polvo invisible, se sentía un olor nauseabundo, el olor a bestia salvaje revuelto con mortecina. Las paredes dejaron de cantar y la luz se volvió opaca.

—Se está debilitando —dijo Auris, mostrando su brazalete.

Se podía observar que la frecuencia del muro había caído cinco puntos en un segundo. Ellos llegaron al frente de las pirámides que eran estructuras de cristal transparente flotante, giraban sobre su eje y proyectaban ondas sónicas por canales guíados a cada zona vital de la ciudad. Eran el corazón resonante de la Muralla Sónica, capturaban las emociones positivas de los ciudadanos y las transformaban en pulsos defensivos. Pero cuando el miedo crecía, su pulso se apagaba o bajaba de frecuencia. En la sala de control, los operadores intentaban recalibrar la red vibratoria, conectando a más habitantes para reforzar el canto común. Pero el pánico, incluso el más sutil, saboteaba la red desde dentro.

Entonces llegó el ruido, se trataba de un estruendo seco, pesado, profundo, rítmico. Pasos. Gigantescos. Retumbaban en las cavernas, se podía sentir la cadencia de algo pesado. Las piedras temblaron, los hongos bioluminiscentes parpadearon, las fibras acústicas de la ciudad de Arrobo captaron el eco al mismo tiempo que Gabriel y Auris se ponían en posición de combate, todavía no llegaban los otros guerreros para que les dieran apoyo.

De pronto, entre la penumbra lograron ver a Tarkon-9. Este no era un híbrido manipulado genéticamente, era un animal real, una criatura de carne y hueso, nacida naturalmente del cruce entre especies creadas a partir de mutaciones de ADN. Medía casi cuatro metros de alto, seis y medio de largo. Su cuerpo era musculoso, compacto, cubierto por una coraza de queratina pura, algo similar a la caparazón de las tortugas marinas, pero de tres pulgadas de espesor. Sus patas eran anchas, similares a las de un elefante, con garras como guadañas. Su cabeza, parecida a la de un rinoceronte sin cuernos, tenía una mandíbula extremadamente poderosa, lista para cerrarse tragándose la cabeza de su oponente. La criatura no tenía ningún implante. Era completa-mente natural y perfecta para matar.

—No puede ser. Esa cosa debería estar extinta desde hace diez ciclos… Murmuró Gabryl.

—Pero no lo está —dijo Auris—. Está aquí.

Los refuerzos corrían a los propulsores de aire para llegar lo más pronto posible al combate, pero ya venían tarde. Tarkon-9 avanzó. Sus ojos eran pequeños, negros, como carbones húmedos, su rugido era más bajo de lo esperado, un gorgoteo grave que hacía vibrar el estómago. El animal se dirigía directo hacia la sala de cultivo auxiliar, donde decenas de niños estaban practicando el canto vibracional.

A estos pequeños cantores se les llamaba los Ángeles de Arrobo, por la manera en que sus voces sostenían la muralla sónica. Eran niños y niñas entre los seis y los doce ciclos, formados dentro de la Sala de Cultivo Auxiliar, un espacio donde las plantas crecían y florecían al compás de la música y la vibración del alma pura de los niños.

Allí, entre lianas sonoras y vapor de menta, se practicaba el canto. Los niños llegaban, desde las diferentes escuelas para su clase, tres veces a la semana. Cada escuela tenía su horario, de tal manera que siempre había grupos cantando. Esta era una melodía colectiva que jamás se detenía, ni de noche ni de día, porque era quien fortalecía la muralla sónica, el escudo vivo de la ciudad.

Cada infante había nacido con un tono único, una frecuencia que vibraba en perfecta armonía con un fragmento de la ciudad. Todas sus voces tejían una red acústica invisible que reforzaba la Muralla

Sónica desde su núcleo emocional. Los niños no sabían lo que hacían con exactitud pues eran demasiado jóvenes para comprender, pero ellos cantaban con sentimiento y eso bastaba.

Se decía que su canto nacía del alma, no era aprendido, era recordado. También que venía de una era antes de las palabras, cuando el lenguaje era música y la intención era ley. Solo músicos consagrados dirigían el coro, cada voz encontraba su lugar como el agua halla su cauce. Desde las habitaciones más altas hasta los corredores más profundos, una tenue melodía sin principio ni final recorría Arrobo como un río etéreo. Muchos adultos se detenían en medio de sus tareas solo para escuchar. Algunos lloraban sin saber por qué.

Los niños no huyeron. Algunos se levantaron de sus puestos con curiosidad, pero todos siguieron cantando, como si no supieran del peligro o quizá, supieran demasiado. La melodía no cesó. Se transformó. La tonalidad se volvió más aguda, más cristalina, como si cada nota fuera una lágrima suspendida. Entonces ocurrió lo impensado, el monstruo dudó.

Gabryl corrió. Lanzó su espada de resonancia y apuntó al pecho. El impacto rebotó con un sonido seco. Nada. Ni un rasguño. Auris emitió un canto disruptivo. Los Angeles le hicieron coro. La criatura vaciló, giró la cabeza. Había sentido algo. Una disonancia. Una molestia.

— ¡Su cuello! Justo debajo del maxilar, donde la coraza se pliega. Gritó Auris—.

Allí. Gabryl vio un punto más blando, más oscuro, donde la piel formaba una pequeña hendidura, activó el núcleo sónico de su espada y saltó, se deslizó por el lomo como un rayo. La criatura giró, furiosa, pero ya era tarde. La espada se hundió en la hendidura del cuello del animal. Tarkon-9 tambaleó. Su paso firme titubeó como si la tierra se le ablandara bajo las garras. Se escuchó un rugido, un espasmo. Sus ojos parpadearon por primera vez. Luego, la criatura cayó pesadamente, levantando una nube de polvo.

Los niños veían la sangre de un animal por primera vez en su vida y no sabían que hacer. Los profesores los rodearon para que no pudieran observar. Los refuerzos llegaron tarde, pero pudieron ayudar a cubrir la escena, para que los niños no vieran mientras un equipo de limpieza se hacía cargo de la bestia. Entonces, el bendito canto de los Ángeles de Arrobo se volvió luz. Una vibración plateada que no cegaba, sino que acariciaba los bordes más profundos de todo lo que había sido roto.

Auris cayó de rodillas, agotada. Gabryl se acercó y la sostuvo. En su piel, el calor de la batalla aún vibraba.

—Era real —dijo él.

—Todos lo son. Y vendrán más. Respondió Auris

Desde lo más profundo de la ciudad, las Pirámides de Frecuencia se reactivaron. La vibración protectora volvió. La Muralla Sónica se compactó.

ECOS

Sombras en los Pasillos

Arrobo se había construido para sanar, para proteger, para recordar que la humanidad podía ser mejor. Pero tras el enfrentamiento con Tarkon-9, los sonidos de la ciudad eran como una respiración contenida. Se murmuraba en las esquinas, en las plazas, en los restaurantes, en el puesto de trabajo, todos se contaban lo poco o nada que sabían del enfrentamiento, pues los niños habían llegado a sus casas emocionados a contar del gigantesco animal que habían visto y de la batalla entre el guerrero y la bestia. El aire parecía pesar más. Los colores de los jardines lumínicos eran opacos. Y las vibraciones, que usualmente flotaban como música de fondo, ahora se sentían erráticas, quebradas.

El Consejo de Arrobo solicitó a Auris y Gabriel que fueran a una asamblea de carácter urgente. Los corredores del nivel siete, donde se encontraba el eje administrativo de la ciudad, eran diferentes al resto. No tenían jardines. Estaban construidos con basalto tallado a precisión acústica, con paredes que reflejaban hasta los suspiros más suaves. En su centro se alzaba la Cúpula de Confluencia, una estructura esférica suspendida sobre un vacío vertical de cien metros, sostenida por haces de energía de torsión, invisible pero vibrante.

Gabryl y Auris se acercaron en silencio. Al cruzar la pasarela de campo firme, vieron a los integrantes del Consejo de Arrobo ya reunidos y sentados en sus asientos circulares. Eran doce. Ninguno vestía con ostentación. Ninguno era político. Todos habían sido constructores del mundo subterráneo.

Allí estaba Évia, paleo bióloga, quien había trabajado en los primeros experimentos de transformación genética, y ahora dedicaba su vida a rastrear las consecuencias éticas de aquella ciencia. Estaba también Cecil, neuro-acústica, experta en modelar emociones humanas en frecuencias armónicas. A su lado, Carlo, antiguo ingeniero del Núcleo Solar y constructor de la primera pirámide de frecuencia dirigida, Hugo Cornelius, el más joven, geólogo, dedicado a proteger las palpitaciones de la tierra, habían otros psicólogos, lingüistas de redes mentales, expertos en magnetismo, en vibración, en curación celular, etc.

Todos habían llegado al Consejo no por títulos, sino por servicio. Por años de trabajo real en laboratorios, minas, pasillos oscuros. Por haber visto morir a compañeros en la superficie. Por haber elegido no rendirse.

La sala entera parecía suspenderse entre pensamientos. Sobre sus cabezas, la membrana holográfica mostraba el estado de la Muralla Sónica: una red concéntrica de luces intermitentes, con zonas de sombra que latían lentamente como heridas abiertas.

—El problema no fue la criatura —dijo Évia, con voz profunda—. Fue la muralla.

Con un gesto, el mapa se amplió. Se mostró una línea interrumpida en el anillo energético.

—Durante el ataque, no solo la vibración descendió por una caída emocional colectiva que todavía no sabemos que la causó. También hubo una falla simultánea en el generador de fusión de espín. Osciló durante cuatro segundos. Eso bastó. Explicó Évia.

Gabryl frunció el ceño. Las Pirámides de Frecuencia Dirigida eran perfectas... pero dependían de esa energía invisible que sólo el generador sabía mantener estable.

— ¿Qué causó la oscilación? —preguntó Auris.

—Todavía no lo sabemos. Podría haber sido una sobrecarga, o...Cecil bajó la voz... una interferencia externa.

El silencio pesó en la sala como un manto de hierro.

—La Muralla es una sinfonía, concretamente es una obra viva. Si falla el alma, tiembla. Pero si falla la energía... cae. Dijo Carlo

Julius tomó la palabra, mirando a los dos jóvenes:

—Los hemos llamado a esta reunión de emergencia, porque ahora, más que nunca necesitamos de su servicio. Reúnan a su guardia, necesitamos que se revise cada pasaje, cada puerta, cada hueco o perforación. Tenemos que saber que no hay ni un monstruo entre nosotros. No queremos más víctimas. Creemos firmemente que Tarkon-

9 venía con el fin de atacar a nuestros Angeles.

Ya las bestias saben que sin ellos no tendremos muralla sónica. Quiero que reúnan la fuerza extrema para que cuide de todos los niños; que un guerrero debidamente entrenado escolte cada infante a su hogar, a sus actividades extracurriculares, a donde sea que el pequeño vaya. En sus voces está nuestro futuro.

Gabryl y Auris asintieron sin decir ninguna palabra. Todos sabían de su compromiso como jefes de los escuadrones de combate más valientes de Arrobo, ellos y solo ellos se habían enfrentado en múltiples ocasiones contra los monstruos y siempre habían salido vencedores. Sus batallones no temían salir a la superficie pues estaban bien entrenados y mantenían una formación en diamante casi indestructible.

Más tarde, mientras los Custodios se dispersaban, Gabryl y Auris caminaron por el pasillo norte del nivel tres. Ese sector de la ciudad era más antiguo, construido con roca madre pulida y muros cargados de musgo radiante. En el techo, esculturas de cristal suspendido representaban escenas de la gran migración a los subterráneos: humanos cargando niños, sembrando bajo tierra, alzando pirámides de luz.

Allí, entre esos pasillos de memoria, ocurrió el segundo temblor. Fue mínimo. Solo una vibración. Pero suficiente para apagar una hilera de lámparas. Luego, un crujido. Un zumbido en la frecuencia que solo los Custodios sabían interpretar. Un quiebre en la resonancia.

Apareció, una sombra, era alta, esbelta. Se movía entre columnas con una fluidez antinatural. No era como Tarkon-9. No era una bestia cualquiera, era algo más inteligente, más... paciente.

Auris tomó la mano de Gabryl. Ambos activaron sus pulsos sónicos, pero la criatura ya no estaba.

—No era una alucinación. Murmuró él.

—Fue real. Y aún está cerca, puedo sentir su olor a bestia. Respondió ella,

En este momento, una nueva grieta se abría. No en la muralla, sino en la certeza.

Ejercicios de combate

El Salón de Armonización Táctica era una maravilla tecnológica excavada entre dos capas de mineral diamagnético. Enormes columnas de cuarzo vibratorio sostenían la cúpula, que absorbía y redirigía las frecuencias de combate. El suelo era dinámico: podía cambiar de forma, generar plataformas, abrir abismos o simular terrenos como selvas, ruinas o desiertos magnéticos. Aquí se entrenaban tres veces por semana los escuadrones de los custodios del Eco. Hoy era diferente, el consejo había acordado reunir a dos escuadrones para que entrenaran trabajo táctico en conjunto, pues ahora todas las fuerzas tendrían que integrarse en una indestructible.

Gabryl y Auris, jefes de escuadrón, se posicionaron frente a frente, cada uno con sus doce combatientes detrás. No era una competencia. Era una prueba de fusión.

—Modo de entrenamiento: realista avanzado. Ordenó Auris al sistema central.

—Confirmado. Protocolo "Karkal-9". Creaturas múltiples. Terreno mixto. Presión sensorial elevada. Nivel de daño permitido: hasta umbral de pérdida de conciencia. Respondió una voz neutral.

El suelo se transformó en segundos: una planicie se resquebrajó, alzándose en formaciones irregulares de roca viva. Zonas pantanosas comenzaron a burbujear a un costado. Árboles de cristal se alzaron en el centro, y la luz descendió en intensidad. Era como estar en otro mundo.

Una niebla ámbar descendió. Se escucharon, rugidos.

—Contacto, flanco derecho —informó Shabis, desde el equipo de Gabryl.

—Formación en doble hélice —ordenó Auris sin dudar.

Los veintiséis miembros se reorganizaron con fluidez: cinco al frente generaban una onda de choque defensiva; los del centro abrían paso con espadas vibrantes; los de retaguardia proyectaban campos acústicos para desorientar a los enemigos.

Las primeras criaturas emergieron: simulaciones hiperrealistas de reptiles con placas óseas. Eran rápidos, coordinados y atacaban en ráfagas.

Santia disparó pulsos direccionales desde una torre de roca. Cada tiro era silencioso, pero letal. Uno de los reptiles cayó, pero dos más intentaron flanquear por la izquierda. Camil, del escuadrón de Auris, se impulsó desde una plataforma móvil y activó un campo sónico de contención. La criatura chilló, atrapada en una onda vibratoria que comprimía su audición.

En el centro, Gabryl y Auris luchaban codo a codo, espalda con espalda, sin mirarse, se anticipaban. Él barría con su espada. Ella danzaba en espirales en una mano su espada, en la otra su escudo sónico, mientras emitía cantos de ruptura que debilitaban el equilibrio de los enemigos.

—Punto ciego, noventa grados —susurró Auris.

Gabryl giró sin pensar. Su espada atravesó la garganta de un reptil simulado que se había ocultado en la bruma.

—Gracias —dijo él.

—De nada —respondió ella—. No era personal.

Siguieron avanzando hasta el corazón del simulador. Entonces el sistema cambió las condiciones. El suelo se fragmentó. Cayeron varios metros hacia una caverna inferior. Separados.

Gabryl y Auris aterrizaron en plataformas opuestas. El suelo allí era líquido denso, como mercurio, y desde el techo colgaban filamentos que emitían pulsos erráticos, interfiriendo con sus brazaletes.

Ambos activaron sus sistemas de rastreo acústico. El enemigo ahora era único, más grande, era un simulacro del Carnogorath. No tenía forma definida: solo sombras, velocidad, fuerza.

El Carnogorath no caminaba: se deslizaba, como una memoria de furia. Su cuerpo estaba compuesto de placas irregulares, humo líquido y ojos que parpadeaban donde no debía haber rostro. No emitía sonido. Su presencia era una ausencia, un silencio tan absoluto que hacía vibrar los huesos.

Gabryl cayó en postura baja, activando un pulso sónico desde su pecho. La onda iluminó brevemente el entorno: allí estaba el Carnogorath, rodeándolo, multiplicando su sombra. Sabía que no podía atacarlo con fuerza bruta. Era un enemigo que se alimentaba del ruido desordenado, del miedo mal afinado.

En el otro extremo, Auris cerró los ojos. No necesitaba ver. Comenzó a cantar, muy bajo. No una melodía de batalla, sino un llamado de raíz, una vibración que se afinaba con los nervios de la caverna misma. El líquido del suelo comenzó a responder, elevándose en espirales viscosas que dibujaban patrones armónicos.

El Carnogorath se volvió hacia ella. Aceleró. Gabryl lo sintió, lo supo y saltó hacia un filamento colgante, usándolo como péndulo. Desde el aire, proyectó su espada vibratoria hacia el flanco de la criatura. La hoja atravesó parte de su torso ilusorio, pero en vez de sangre, brotaron ecos. Voces antiguas. Lamentos comprimidos.

El monstruo se dividió en tres formas menores. Una corrió hacia Gabryl, otra hacia Auris, y la tercera desapareció en el techo, como humo buscando grietas.

Auris cambió de tono. De grave a agudo, de invocación a ruptura. Las rocas vibraron. El líquido se solidificó en columnas. Uno de los fragmentos del Carnogorath se deshizo al tocar esa frecuencia.

Gabryl, mientras tanto, rodó hacia un saliente. En su palma, tenía un pequeño cristal de memoria sonora: un fragmento del canto de los Ángeles de Arrobo. Lo lanzó hacia la segunda entidad. Al tocarla, el cristal se quebró en un murmullo: "Yo Soy Amor."

La sombra gritó sin sonido. Y desapareció. Pero la tercera forma seguía arriba, acumulando energía. Entonces se dejó caer.

Ambos, separados aún, sintieron el descenso como un eclipse, sin comunicaciones y sin coordenadas. Sin embargo, los dos cantaron al unísono. Fueron dos notas distintas, pero un mismo acorde.

El Carnogorath cayó sobre ellos. Pareció que la caverna cantó. No era como un eco, sino como un organismo vivo reconociendo a sus guardianes. Las paredes emitieron un pulso resonante. Los filamentos colgantes se volvieron cuerdas de arpa cósmica. El monstruo fue descompuesto, no en trozos, sino en frecuencias. Su rabia fue afinada. Su caos, transmutado, desapareció como desaparece un mal sueño al despertar.

La simulación se desvaneció. El suelo se volvió sólido. La luz regresó. Gabryl y Auris se encontraron en el centro. Respiraban rápido, pero con los ojos claros.

—Ese canto… —murmuró Gabryl.

—No era nuestro —dijo Auris—. Era de Arrobo.

El sistema finalizó. El terreno volvió a su forma original. El escuadrón reapareció en torno a ellos, jadeando, cubiertos de sudor y lodo holográfico. Gabryl sangraba por una ceja. Auris tenía una quemada en el antebrazo en forma de línea. Nadie hablaba, el silencio era respeto. Porque ahora sabían cómo cantar juntos.

Se escuchó la voz del sistema:

—Evaluación final: integración táctica: 98.7%. Riesgo de fractura emocional: nulo.

Potencial de liderazgo dual: óptimo. Auris se giró hacia Gabryl. Él la miraba como si viera una constelación danzando.

—Buen trabajo —dijo él.

—No hiciste más que seguirme —bromeó ella.

—Quizás me acostumbre.

Por primera vez, sonrieron juntos, fue breve, casi invisible, pero el escuadrón lo sintió. Después del entrenamiento, se dirigían al área de los dormitorios cuando la Red del Uno lanzó una señal de alerta.

Muralla Sónica: inestabilidad energética registrada en Nodo Sur. Posible interferencia externa. Requiere inspección inmediata.

Gabryl y Auris se miraron.

—Vamos —dijeron los dos al mismo tiempo.

La galería abandonada

La galería abandonada comenzaba más allá del nivel tres, en un antiguo sector de Arrobo sellado después del colapso de las primeras cavernas. Sus corredores no eran planos ni pulidos como los del centro. Eran irregulares, tallados a mano, con piedras cubiertas de líquenes fosforescentes que latían como respiraciones contenidas, pero que no iluminaban lo suficiente.

Gabryl sostenía una esfera de luz mientras ascendía por la rampa espiral junto a Auris. La atmósfera era densa, con partículas de polvo suspendidas, que se agitaban al paso de sus botas. El silencio era total, salvo por el leve zumbido que emitían sus brazaletes, registrando y archivando la vibración de cada paso.

Auris iba delante. Gabryl de vez en cuando miraba su silueta elegante y firme, con movimientos controlados. A él le parecía como si ella flotara más que caminara. La joven Llevaba un traje de polímero acústico que se adaptaba a cada curva de su figura sin entorpecer sus movimientos. Tenía el cabello largo, azabache, trenzado con filamentos de cobre que captaban frecuencias emocionales. Su rostro estaba sereno y sus ojos grandes, color ámbar, que eran capaces de expresar más en un parpadeo, que con mil palabras, hoy estaban más abiertos que nunca, en estado de vigilancia.

Gabryl, más alto y robusto, poseía una belleza menos pulida. Tenía la piel bronceada, los brazos cubiertos de cicatrices finas, y una mirada verde azulada que siempre parecía anticipar el peligro. Llevaba el cabello corto, ondulado y un mechón rebelde caía sobre su frente. En su espalda, llevaba una espada de doble frecuencia y una mochila con herramientas para sellar fracturas sónicas.

Mientras avanzaban, cruzaron un umbral cubierto de símbolos olvidados. Allí comenzó la galería. Era inmensa, una catedral tallada en piedra viva, sostenida por columnas que nacían del suelo y se curvaban hacia arriba como raíces petrificadas. En el centro, un estanque de agua pura, tan quieto que reflejaba el techo como un espejo. En las paredes, mosaicos hechos con fragmentos de cristales multicolores relataban escenas antiguas: niños levantando criaturas, ciudades cayendo, manos extendidas hacia estrellas que se alejaban.

Auris se detuvo frente a una de las imágenes. Tocó un fragmento azul y dijo en voz baja.

—Este lugar... fue una de las primeras zonas de incubación emocional. Aquí se enseñaba a los niños a canalizar sus emociones para dar forma a la vida.

Un estruendo seco resonó a lo lejos. Ambos se tensaron. Gabryl apagó la esfera de luz y se agachó, escuchando. Era un eco débil. Un crujido. Como si algo gigantesco se deslizara en otra cámara. Auris mentalmente le comunicó a Gabriel.

—No estamos solos.

Siguieron avanzando con mucha cautela hasta llegar a una sala lateral, más pequeña. En el centro había un banco semicircular de piedra y, sobre él, una estructura que parecía un capullo petrificado. Dentro, latía débilmente una luz.

—Es una matriz bioacústica —susurró Auris, acercándose. Aún está viva.

El capullo vibró al sentir su presencia. Una nota musical, apenas perceptible, se esparció por el aire.

Gabryl extendió la mano. Tocó la superficie del cristal. Y entonces, una imagen emergió. Era una niña. Sonriente, con los ojos bien abiertos, cabello recogido, rodeada de una criatura parecida a un ave de cuatro patas. Luego, la imagen cambió. La misma niña, ya mayor. La criatura, ahora enorme. Rugía. Destruía. La mujer lloraba.

El mensaje era claro. Amor que se convirtió en horror. Auris giró el rostro hacia Gabryl. Sus ojos estaban llenos de algo más que sorpresa. Había comprensión. Tristeza. Y una conexión inesperada.

— ¿Crees que aún podamos redimir lo que ellos perdieron? —preguntó ella.

Gabryl no respondió de inmediato. En cambio, colocó su mano sobre la de ella, aún apoyada en el cristal.

—Si no lo hacemos nosotros… nadie más podrá.

En ese instante, un crujido rompió el momento. La tierra vibró bajo sus pies. Más fuerte esta vez. Desde el pasillo detrás de ellos llegó un aliento húmedo. No viento. Respiración putrefacta.

Auris giró lentamente. Y en la penumbra, vieron un ojo enorme amarillo y sin pupila. El Carnogorath los observaba desde las sombras. Aún no atacaba. Solo miraba, estudiaba la escena, los movimientos de sus contendores, hacia cálculos matemáticos en su cerebro para saber cómo atacar a uno, sin que el otro lograra herirlo.

Gabryl y Auris se quedaron quietos, sin moverse, conteniendo la respiración. Solo por unos segundos mientras trataban de ubicar el animal, pero todo fue en vano. El Carnogorath sin emitir sonido alguno, se había ido. Tendrían que buscarlo hasta debajo de las piedras, semejante amenaza no podía estar entre ellos.

ECOS

Muralla en silencio

Todo comenzó con un apagón, no fue visual, fue vibracional y en Arrobo, el sonido era vida, su ausencia era un presagio. En la red del uno, se transmitió el siguiente mensaje para todos los custodios del Eco. "Muralla Sónica, Nodo Sur caído, hay una falla energética total.

Gabryl y Auris estaban aún en tránsito con sus escuadrones cuando el aviso los atravesó como una aguja de hielo. Los pasillos temblaron, los hongos bioluminis-centes colapsaron. Las Pirámides de Frecuencia en ese sector flotaban inertes, sus puntas apagadas como luciérnagas muer-tas.

—Avanzamos en formación cerrada. Ordenó Gabryl.

—Escudos activos. Proyectores en pulso continuo —añadió Auris.

Ascendieron al Nivel dos, donde los túneles se angostaban como gargantas vivas. Cada paso era eco de algo más antiguo. Allí, la piedra parecía tener memoria. Entonces, todos lo escucharon. No un rugido. Un arrastre. Lento. Húmedo. Como si algo enorme se deslizara con suavidad sinfónica entre las grietas y un olor nauseabundo inundó el lugar.

El escuadrón se replegó. Se activaron sensores térmicos. Todos apuntaban al fondo del túnel. Allí, en la penumbra apareció ¡El Carnogorath!

Ya no era un entrenamiento, era verdadero y mucho más fuerte y hábil. No caminaba. Se deslizaba, en parte bípedo, en parte como un felino. Su cuerpo era de obsidiana nervada, era delgado pero abrumador. Tenía dos pares de patas traseras, y una cola prensil cubierta de espinas. Su cráneo era alargado, sin ojos visibles al principio. Su boca estaba llena de dientes de distinto tamaño, como una pesadilla diseñada para matar.

Los guerreros vieron iluminarse uno de los ojos del animal, sólo uno, amarillo, con un enorme punto negro en el centro. El miedo golpeó como un látigo.

— ¡Contención! —gritó Gabryl.

Las espadas sónicas se alzaron. Auris emitió una frecuencia vibratoria ofensiva desde su brazalete. El Carnogorath se detuvo... por un segundo y luego saltó. Era demasiado rápido. Aterrizó sobre el primer escudero, destrozándolo con un golpe seco. Su garra segó a un segundo. Disparos sónicos rebotaban en su piel. Era como atacar una sombra líquida.

Auris se lanzó en espiral, activando su escudo. Logró interponer una onda defensiva. El Carnogorath se desvió, golpeó el techo, lo rompió y cayó con fuerza descomunal sobre tres combatientes. Uno logró rodar, los otros dos quedaron inmóviles bajo el peso.

— ¡Formación rota! ¡Repliegue ahora!. Gritó Shabis, disparando ráfagas de sonido en dirección a las patas traseras del monstruo.

Entonces, por un instante, este pareció retroceder. Un zumbido sónico de doble frecuencia coordinada hizo vibrar la sala. El grupo contraatacaba, con furia desesperada. Una lanza de ultra sonido puro fue lanzada por Oscarma, perforó uno de los costados del Carnogorath, que rugió por primera vez. Un rugido bajo, como un motor sepultado en la tierra.

Pero la bestia no huyó, no sangró, giró su cuerpo, con un movimiento antinatural, y arremetió como una tormenta. Gabryl corrió hacia el flanco pero su espada no emitía suficiente frecuencia. Parecía que el monstruo estaba neutralizando las señales, Prácticamente todo el sistema de defensa estaba colapsando.

La cola del Carnogorath lo atrapó por la pierna. Lo lanzó contra la pared. El golpe le vació el aire de los pulmones y el guerrero rebotó sobre la roca, su brazalete explotó. Él había perdido su espada, la vio lejos, como a cinco metros. Aturdido, Gabryl se arrastró apoyándose en los codos, con los dientes apretados del dolor. El Carnogorath lo seguía, lo olfateaba, acercándose con una lentitud cruel, no con prisa, sino con esa lentitud cruel de los depredadores que saben que el final ya llegó. Su aliento era ácido. Olía a metal oxidado y a mortecina, mientras el monstruo se acercaba, las ondas tecnológicas estaban siendo absorbidas. El monstruo anulaba toda defensa moderna. En el suelo, el guerrero escuchaba los gritos de los suyos, la desesperación.

Entonces Gabryl recordó. "El cuchillo". No era hermoso, no era brillante, era una hoja de acero templado, sin adornos, forjada a mano por su padre en los días oscuros del colapso, cuando los humanos aún creían que el mundo podía ser reconstruido desde lo básico. En su filo estaba grabada una sola línea: *"Lo simple resiste."* Siempre lo llevaba en la bota derecha, mas como recuerdo de su padre que como arma, lo tenía como promesa, como testigo. En este momento, era lo único que tenía.

Gabryl lo desenvainó lentamente. No como quien saca un arma, sino como quien activa un recuerdo. Esperó, inmóvil, hasta que la cabeza del monstruo bajó. El ojo amarillo apareció: redondo, palpitante, sin párpado.

La criatura respiró por una hendidura de una nariz inexistente, al exhalar dejó ver su boca: una caverna húmeda de encías púrpuras, donde cientos de dientes minúsculos amarillos y verdes vibraban como cristales rotos. No eran estáticos: se movían, se agitaban como si intentaran formar palabras que jamás serían pronunciadas. De entre esos dientes brotaba una baba espesa y lechosa que chorreaba en hilos calientes, cayendo sobre la frente de Gabryl, deslizándose por su mejilla con ese fétido olor agrio y envejecido.

El guerrero se impulsó con todas las fuerzas que le quedaban, hundiendo su cuchillo hasta el mango, no en un cualquier punto, en el núcleo del ojo. Se escuchó un sonido húmedo y grave.

El grito del Carnogorath fue un cataclismo sónico. El túnel entero se arqueó. La roca viva se resquebrajó. Las luces de los hongos parpadearon. Las ondas se cruzaron en espasmos. La criatura retrocedió de inmediato, pero no cayó.

Las patas traseras se alzaron y golpearon las paredes, arrancando pedazos de piedra como si fueran corteza de árbol, retorcía sus patas delanteras de manera antinatural, intentando arrancarse el cuchillo con una de sus garras, pero no lo logró. En su esfuerzo, gritaba, sacudía el aire, sus aullidos desentonaban todo a su alrededor.

Gabryl se quedó en el suelo, quieto, observando. Los otros guerreros observaban también, moviéndose de un lado a otro para evitar ser arrasados por el animal delirante.

El monstruo se revolcó contra el suelo como si el veneno del metal le incendiara las entrañas. Su cuerpo se llenó de grietas, de fracturas vibracionales. De esas grietas salía una sangre verduzca. Durante largos minutos, el Carnogorath luchó contra su muerte.

Al final, su rugido se volvió un temblor bajo, un gemido luego, se escuchó su respiración baja y finalmente volvió el silencio.

Gabryl se incorporó, dio un paso, luego otro, tambaleándose, su frente sangraba lo mismo su hombro derecho, su rostro tenia pegada la baba del animal como si fuera una goma que le escurría lentamente. Sin embargo, se acercó al cuerpo que yacía en el suelo húmedo con la sangre regada. Extendió la mano. Extrajo el cuchillo con calma. Lo limpió con el borde de su camisa y lo guardó.

Auris corrió hacia él, lo encontró así: de pie, ensangrentado, jadeando, pero con la mirada encendida de quien ha vencido al abismo con una hoja simple y una voluntad inquebrantable.

— ¿Qué fue eso? —susurró ella, mirando el cuchillo que alcanzaba a verse al borde de la bota del guerrero

Gabryl no respondió de inmediato. Solo murmuró, como si respondiera a alguien que ya no estaba:

—Fue el recuerdo de mi padre... afilado.

— ¿Lo hiciste con eso?

—Cuando todo falla... queda esto. Dijo Gabryl asintiendo con un movimiento de cabeza y le mostró su cuchillo. La hoja aún brillaba

Auris lo miró con una nueva reverencia. No como guerrero. Como heredero de algo más antiguo que cualquier escudo sónico.

—Deberíamos tener más de esos — murmuró ella.

Gabryl miró a su escuadrón. A los rostros cansados, pero aún vivos.

—Sí, Es hora de enseñar lo básico. Dijo

El consejo lo aprobó, en los días siguientes, cada combatiente de Arrobo recibió un cuchillo de combate forjado a la antigua, sobre una piedra, hecho en acero, en tradición. No eran cuchillos comunes, sino nacidos del fuego. Cada uno fue moldeado manualmente, a la antigua, golpeado sobre yunques negros al ritmo de cantos olvidados, enfriado en el agua pura de Arrobo. La hoja se templaba no solo en calor, sino en memoria: cada martillazo era una invocación, cada filo una herencia. El mango, de maderas oscuras o hueso pulido, se ajustaba como un juramento silencioso a la palma del guerrero. No había dos iguales, como no hay dos batallas que se repitan.

En el salón de entrenamiento se recrearon coreografías antiguas casi ceremoniales, que se repetían al amanecer y al anochecer para enseñar a los guerreros y a sus dos jefes, el uso del cuchillo: Los instructores eran simulaciones de viejos guerreros de manos callosas y ojos que ya no temían a nada, enseñaban cómo sostener el cuchillo como si fuera una extensión del alma, no del brazo. Les hacían moverse entre sombras, girar en silencio, atacar sin furia, solo con intención.

El ambiente del lugar eran bosques antiguos, árboles que susurraban secretos. Los guerreros estaban descalzos sobre una tierra que parecía haber visto más sangre que lluvia. Les enseñaban a escuchar el pulso del enemigo, a distinguir el hueco exacto entre dos respiraciones, a sentir el peso del aire antes de una emboscada.

Cada cuchillo respondía distinto. Les dijeron que no todos eran capaces de portar esta antigua arma. Les decían que, si uno era digno, el cuchillo se lo hacía saber en el momento justo, a través de una tibieza súbita en el mango o una resistencia menor al entrar en la carne del enemigo. Gabryl aprendió mucho más de lo que su padre le enseño, pero también les compartió aquellas lecciones que aprendió de su progenitor.

Los guardianes de la muralla, ahora se sentían invencibles, como si hubieran retrocedido siglos solo para emerger fortalecidos, pero ahora, habían llegado con un arma nueva, totalmente desconocida por esas bestias que no sabían que alguna vez hubo un pasado.

Llegó una orden del consejo, había que revisar presencialmente los exteriores. Ellos habían recibido denuncias de personas desaparecidas. Debían encontrar su rastro y seguirlo hasta dar con el paradero de cada uno.

Los valientes guardianes del eco, cruzaron la muralla sónica armados hasta los dientes, con tecnología de punta, pero cada uno llevaba adherido al interior de su bota un recuerdo del pasado, algo que podría ser su única salvación cuando la tecnología dejara de funcionar, un cuchillo de acero. La compuerta exterior se abrió con un lamento de metal antiguo, esta había sido su primera defensa contra las bestias, ahora era obsoleta pues las criaturas con su fuerza descomunal, podría derribarla si quisieran

El aire que entró era denso, árido, saturado de olores que para ellos eran ya extinguidos: óxido de hierro, mortecina, excrementos de animal grande. Había un polvo grisáceo que venía con el viento y les azotaba el rostro tiñéndolo. Los escuadrones avanzaron en formación cerrada, con las espadas apagadas.

El cielo estaba azul con muy pocas nubes. Era como una novedad para algunos de los combatientes que lo observaban maravillados. La superficie, tras tantos ciclos de abandono, ya no parecía un mundo, sino una cicatriz. Lo que una vez fueron ciudades, eran ahora formas colapsadas, cubiertas de vegetación, raíces negras como venas reventadas y árboles torcidos por una evolución sin rumbo. Torres caídas como huesos de gigantes marcaban el horizonte.

—Silencio total. Nada se mueve. Susurró Camil.

—No es calma, es acecho. Respondió Auris.

Llegaron a los restos de un edificio inclinado, con partes sumergidas en un lago ácido que hervía suavemente. Las ventanas estaban cubiertas por una membrana vegetal que palpitaba. La entrada estaba colapsada. Descubrieron una grieta lateral y entraron por allí.

Adentro, había oscuridad y olor a fiera. Las paredes goteaban con una sustancia ámbar. El suelo crujía con cada paso, Había huesos, escamas, conchas y placas de otros depredadores.

—Están devorándose entre ellos, parece que hay una hambruna. Murmuró Shabis.

Auris asintió.

—Las alfas se están comiendo a los menores.

—Y eso los vuelve más fuertes. Dijo Gabryl.

No tuvieron más tiempo.

Desde las sombras, seis reptiles caníbales emergieron a toda velocidad. Más flacos, más nerviosos, con la piel desgarrada en partes donde otros habían intentado devorarlos. Tenían los ojos inyectados con venas rojas, las garras más largas por crecimiento descontrolado. Parecían hambrientos y no solo estaban observando… Lo que ellos buscaban era morder, romper y comer.

El primero saltó sobre Javi. Auris lo interceptó con una onda que lo empujó. El segundo se abalanzó sobre Juanis, Este se rodó por el suelo, le cortó a la criatura los tendones de una pierna y se levantó en un solo movimiento para clavar el cuchillo en la base del cráneo.

Gabryl bloqueó un mordisco con su escudo y hundió su cuchillo bajo el ojo izquierdo de otro. El chasquido del hueso cediendo fue seco. El monstruo cayó sobre él. Shabis lo empujó y lanzó su espada en estado vibratorio, esta empaló al cuarto raptor.

Auris, girando como una estrella, esquivó dos ataques, lanzó su cuchillo hacia el cuello abierto de uno y luego saltó sobre el último, clavando el arma por la mandíbula. El chorro de sangre era tibio, amargo, denso. Ella no retrocedió.

— ¡Revisión de perímetro! Gritó Gabryl.

Uno de los reptiles que yacía en el suelo, empezó a convulsionar. Otro, moribundo, intentó morder a un compañero muerto. Se estaban devorando entre ellos aún en el momento de la muerte.

—No hay control, esto es degeneración completa. No están cazando, están... colapsando. Dijo Auris, con la voz quebrada.

El grupo retrocedió. Nadie hablaba. Juanis tenía un tajo en la pierna. Alic sangraba por la nariz. Pero estaban vivos.

—Y si ellos están muriendo así ¿Qué está comiendo el Carnogorath? Dijo Gabryl, mirando al firmamento.

En ese momento escucharon algo que podría ser un rugido, pero era más parecido a un latido. Encima de ellos había un golpeteo rítmico. Todos levantaron la vista. Vieron algo volando, era gigantesco tenía unas alas como cuchillas, un cuello largo, el pico negro y producía un sonido de aire quebrado. Sin embargo la criatura no los atacó. Solo pasó por encima de ellos, observándolos.

Gabryl tensó la mandíbula y dijo:

—Esto... es el umbral. El infierno y apenas ha abierto la boca.

Auris miró su cuchillo. Luego a Gabryl. Y sin decir palabra, todos supieron que cada segundo en la superficie podía ser el último.

ECOS

Almas robadas

El terreno se volvió más extraño cuanto más avanzaban. La frontera entre lo conocido y lo inadmisible se había disuelto. Atrás quedaban las ruinas oxidadas de la civilización humana: ciudades sepultadas, esqueletos de puentes y torres devoradas por el tiempo. Lo que había delante no era naturaleza, ni civilización. Era otra cosa. Un territorio ajeno, que no pedía ser comprendido, sino temido.

El aire era espeso. No por neblina, sino por una densidad invisible, como si se respirara a través de una membrana líquida. Cada inhalación sabía a óxido de hierro y a ceniza húmeda. El sol se asomó tímidamente y luego se escondió entre las nubes como si temiera ser visto por estos depredadores.

La vegetación había mutado. Ya no crecían árboles ni arbustos reconocibles, sino estructuras biológicas en espiral, retorcidas hacia un punto invisible que parecía succionar la lógica del espacio. Las raíces sobresalían como costillas, entrelazandose, palpitando. El suelo no era tierra, sino una alfombra fibrosa de materia orgánica parcialmente digerida. A cada paso, se hundían ligeramente, como si caminaran sobre un órgano latente.

Las esporas flotaban como copos malignos. Algunas brillaban débilmente, otras emitían chirridos tan agudos que solo los sentían en los dientes. En medio del musgo podrido había fragmentos de huesos: no fosilizados, sino recientes. Blandos. Muchos pertenecían a criaturas monstruosas, pero otros... tenían forma demasiado humana.

— ¿Esto es un nido? —preguntó Lili, conteniendo el asco. Su voz era apenas un susurro, como si el paisaje pudiera oírla.

Auris no respondió de inmediato. Miraba fijo hacia el horizonte, donde la geometría parecía fallar.

—Es una ciudad —dijo finalmente. Y su tono no era de certeza, sino de reconocimiento. Realmente lo era.

Un valle se abría ante ellos, vasto y silente, bordeado por cráteres conectados por túneles naturales que respiraban vapor oscuro. En el centro, se alzaba un montículo de piedra negra, no tallada, sino erosionada en formas simétricas que desafiaban el entendimiento. Alrededor, columnas óseas surgían del suelo como árboles secos. Pero no eran construcciones. Eran esqueletos, enteros, completos, de antiguos depredadores. Habían sido colocados en vertical como tótems rituales. Sus cráneos estaban pintados con pigmentos orgánicos, sus mandíbulas abiertas al cielo como en un eterno canto de guerra.

Todo estaba dispuesto en círculos concéntricos. No era caótico. Había orden. Un urbanismo animal, primario, instintivo, realmente aterrador. En el corazón del valle se escuchaba un sonido de tambor hueco, emergía de lo profundo, con un ritmo lento, que no seguía el paso del tiempo, sino el de otra conciencia. Cada golpe hacía temblar los tobillos. No era música. Era un llamado. Los que escuchaban... respondían con bramidos, que hacían erizar los cabellos de los guerreros y les paralizaba la sangre.

Un murmullo se alzó desde los túneles. Parecían voces, gruñidos o una mezcla de los dos.

Auris dio un paso atrás y Gabryl desenfundó su cuchillo. Todos se agazaparon detrás de una formación rocosa. De pronto vieron lo que nunca imaginaron volver a ver y un sudor frio les recorrió por la espalda.

Vendaval-3 emergió del este, recortado contra la luz temblorosa del amanecer. Medía trece metros de largo, pero lo que lo hacía terrorífico no era su tamaño, sino su construcción; un cuerpo que había sido forjado con un solo propósito, tenía la piel, dura como una cota de malla petrificada y un brillo aceitoso, como si lo hubieran embadurnado con resina negra. De sus patas, gruesas como columnas ciclópeas, brotaba una fuerza cruda, y cada paso marcaba una huella que humeaba al contacto con la tierra. Su cabeza, un yunque con colmillos, oscilaba con ritmo lento, como un péndulo.

Del oeste, entre árboles derribados y tierra rajada, surgió Trueno-8. Era más largo, pero su cuerpo era una lanza en movimiento. Tenía una musculatura más delgada, más elástica, como si hubiera sido tensado desde las vértebras hasta las garras. Su piel era de un verde oscuro intenso, con cicatrices de peleas pasadas. Sus ojos eran dos carbones incandescentes. Caminaba en zigzag, como los cuchillos que conocen su filo. Sus fauces habían sido diseñadas para desgarrar, no para masticar.

Estos eran dos ejemplos de los animales utilizados en las peleas escolares, diseñados para pensar, pelear y matar. Vendaval-3 rugió primero. Un estruendo que rompió los vientos y espantó a los cielos. Trueno-8 no respondió con un rugido: respondió con velocidad, se abalanzó, el cuello extendido como látigo. Pero Vendaval-3 lo esperaba. Giró su cráneo y lo estrelló de lado contra la mandíbula del otro, haciéndola rechinar. Algunos dientes volaron como chispas.

Trueno-8 se deslizó hacia un costado, cortando con sus garras laterales. Tres tajos. Uno alcanzó el cuello del Vendaval. La sangre cayó como lluvia tibia. El animal retrocedió un solo paso... y luego se avanzó con todo el peso de su mundo, empujándolo contra una roca. El crujido de huesos y corteza llenó el valle. Vendaval-3 alzó la cabeza, abrió las fauces y mordió. Agarró el flanco de Trueno-8.

Los músculos del Vendaval se convulsionaron, pero no se rindió. Usó su cola como un látigo, azotando el rostro del Trueno, cegándolo por un instante y luego contraatacó, el 8 se liberó, giró con fuerza y le clavó los dientes en la pierna trasera. La mordida no fue profunda, pero fue precisa. Vendaval-3 cayó de rodillas, y el valle tembló con su descenso. Trueno-8 aprovechó, saltó sobre su espalda, las garras buscando la columna.

Pero el Vendaval-3 rugió tan fuerte que el vapor del valle se dispersó, se sacudió con furia ancestral. Trueno-8 salió volando. Rodó por la tierra y se puso en pie como un espectro sangrante. Vendaval-3 cojeaba. Trueno-8 sangraba de un costado. Pero ninguno cedía.

La danza mortal continuó. Choque de cabezas. Mordidas cruzadas. Garras que arañaban el cielo. Caídas. Embestidas. Gritos que hacían eco. Vendaval-3, con un ojo cerrado por la sangre, se fingió lento. Dejó que Trueno-8 lo rodeara, que creyera que tenía la ventaja. Y cuando el Trueno se lanzó por el cuello, el Vendaval giró con un movimiento imposible para su tamaño.

Le atrapó el rostro, con toda la fuerza de su mandíbula, con toda la furia del mundo y apretó. El cráneo de Trueno-8 se partió como una fruta seca. Sus patas convulsionaron, luego quedaron quietas. El cuerpo cayó con un estrépito. Vendaval-3 retrocedió, tambaleante, lleno de sangre que no era toda suya. Miró al cielo. Rugió una vez más. Y luego, desapareció en la neblina, como si nunca hubiera estado allí.

Los guerreros que se habían quedado congelados viendo la batalla, comprendieron que estaban en tierra enemiga. Sin embargo, había algo más, está realmente era una tierra sagrada para estos monstruos. En ese instante, un rugido distante y profundo como el lamento de una montaña dormida, resonó en el aire denso, y la estructura entera vibró con un estremecimiento ancestral.

Del fondo de las cuevas emergieron figuras primitivas, monstruosas, de escamas opacas y ojos enterrados en sombras. No eran los colosos del pasado, sino criaturas más pequeñas, compactas, de cuerpo fibroso y movimiento preciso. Caminaban en formación desigual, pero con una intención que helaba la sangre: sabían a dónde iban.

Todos avanzaban lentos pero firmes, como si siguieran pasos invisibles marcados en la tierra desde épocas remotas. Otros, con cuellos alzados, emitían sonidos graves, prolongados, como cantos que parecían rezos coreografiados por la propia selva. Los ecos de esos lamentos se entrelazaban en el aire con una cadencia hipnótica.

Los cuerpos escamosos formaron un círculo perfecto alrededor del cadáver de Trueno-8. Ninguno se movía. No era respeto: era espera. Como si supieran que su hambre debía someterse a una voluntad superior. Entonces ocurrió.

Del fondo del claro, tras un breve silencio, un nuevo rugido se alzó, corto, seco, irrefutable y todos los animales agacharon ligeramente la cabeza. De entre la penumbra emergió la figura que aguardaban. Era apenas más grande que los demás, pero su silueta parecía contener algo más denso, como si estuviera hecho de una sustancia más antigua. Cada uno de sus pasos sonaba distinto: más pesado, más definitivo. No necesitaba imponerse; su sola aparición moldeaba el aire.

Su piel era más oscura, cruzada por cicatrices antiguas que parecían mapas tallados por el tiempo. Sus ojos, amarillos como la yema de un huevo cocinado, no parpadeaban. Se desplazó con una calma que no era lentitud, sino dominio absoluto del entorno. Nadie se atrevía a moverse. Nadie respiraba.

Cuando llegó al centro del círculo, uno de los suyos se adelantó sin mirar directamente, como un sacerdote frente a su deidad. Con cuidado reverencial, abrió el cráneo de Trueno-8 de un solo tajo. El líquido espeso resbaló y el dominante se inclinó para beberlo, lento, como quien recibe una esencia sagrada. Luego, con una breve mirada, ordenó sin palabras el siguiente acto: el vientre fue abierto, y él eligió de entre las vísceras lo que deseaba. Comió con parsimonia, como quien no tiene apuro porque todo le pertenece.

Cuando se retiró al borde del círculo, lo hizo con una dignidad que no necesitaba escoltas. A sus espaldas, el caos comenzó. Los demás, liberados de la tensión, se lanzaron sobre el cadáver en un frenesí hambriento. Se empujaban, se mordían, se desgarraban por restos, por segundos lugares.

—Están organizados. Parece que hay jerarquías. Susurró Camil, con un asombro cargado de miedo.

Los otros guerreros parecían congelados, agazapados detrás de la roca como si quisieran desaparecer o hacerse invisibles. Gabryl levantó el brazo y les exigió silencio poniendo su dedo índice sobre los labios.

A lo lejos, observaron un círculo, donde la vegetación había sido removida dejando al descubierto la tierra amarilla con vestigios de concreto, quizá antes fue parte de una carretera. Pero allí vieron algo que no esperaban. Docenas de jaulas óseas esparcidas en toda la circunferencia del círculo. En cada una había personas: adultos, ancianos, niños. Todos vivos. Algunos despiertos, otros inconscientes. Todos inmóviles por el hambre, el miedo y la desesperanza.

—Deben haber entrado por otros sectores cuando la Muralla colapsó. Ellos pueden estar aquí desde hace días, o semanas, Murmuró Gabryl.

Parecía que los dinosaurios no los comían de inmediato. Los almacenaban.

Gabryl levantó la mano. Auris lo entendió. No había opción.

—Rescatamos a todos. Dijo ella.

—Todos o ninguno, aprovechemos que estos animales están dándose un banquete y no se dan cuenta de nuestra presencia. Contestó Gabriel, dándole fuerza al grupo de guerreros.

Los escuadrones se dividieron. Shabis, Alic, Patric y tres más se dirigieron hacia el este. Santil, Camil, Carlo y dos más abordaron las jaulas del lado Oeste. Gabryl y Auris tomaron la del centro. Los otros permanecieron en el mismo lugar, con sus escudos sónicos y espadas lanza rayos, listos para cubrirlos en caso de necesitarse

Con los cuchillos cortaron ligaduras hechas con tendones secos. Los barrotes óseos se rompían con las espadas vibratorias. Los prisioneros salían tambaleantes, algunos llorando, otros resistiéndose, creyendo que soñaban.

— ¡Tranquilos! ¡Somos de Arrobo! ¡Están a salvo! —les murmuraba Santil.

Un estruendo. Un temblor. Una grieta se abrió en el suelo. Desde allí emergieron tres dinosaurios de guardia. Más grandes. Más ágiles. Detectaron el movimiento. Rugieron.

— ¡Cobertura! ¡Perímetro ahora! —gritó Gabryl.

Auris se giró, lanzó una onda vibratoria directa al cráneo de uno de ellos. El impacto lo desestabilizó. Shabis lo remató con un disparo sónico al pecho.

Otro cargó. Carlo le saltó encima, clavó su cuchillo en el cuello, pero cayó con él. Gabryl lo cubrió, se lanzó sobre la criatura herida y cortó su tráquea con un movimiento limpio. Un tercer dinosaurio se detuvo al ver la multitud corriendo. Miró. Rugió. Y se fue a buscar refuerzos.

— ¡Tenemos poco tiempo! —Gritó Auris— ¡Todos a la salida este!

Más de cincuenta personas corrían ahora junto al escuadrón. Algunas tropezaban pero eran ayudadas por los guerreros.

ECOS

Oscarma cargaba una mujer en los brazos. Santil casi arrastraba a dos niños. Gabryl iba al frente. Auris cerraba la retaguardia.

Desde el oeste, se oyó el canto. El mismo canto que habían escuchado antes.

—Nos están rastreando por sonido —dijo Camil—. ¡Es una red de comunicación!

De pronto, desde los lados del valle, más dinosaurios comenzaron a aparecer. No corrían, galopaban, con intención, con estrategia. Auris giró y lanzó una onda explosiva al costado de una pendiente. La roca cedió. Un alud sepultó la entrada lateral. Gabryl saltó sobre una piedra, alzó su espada. Emitió una frecuencia de alto nivel. Vibró el aire. Una de las criaturas más cercanas se tambaleó, chilló, y cayó.

— ¡Vamos! ¡Vamos! ¡Vamos!

Ya veían la brecha por la que habían entrado. La grieta luminosa. El único punto de escape. Gabryl no se detuvo hasta ver a la última persona cruzar. Auris lo alcanzó, jadeante.

— ¿Todos?

—Casi.

Uno de los guerreros, el más antiguo, Julios, no respondía. Había caído. Auris volvió por él. Lo levantó. Tenía el brazo roto. Pero aún respiraba. Gabryl los cubrió con su cuchillo en una mano y en la otra la espada sónica. Una de las criaturas que se acercaba. Era enorme. Ojos como carbón ardiendo. El guerrero la miró directo a los ojos. La criatura lo miró y no atacó. Solo lo observó. Como si lo estuviera aprendiendo. Luego, desapareció en la niebla.

Gabryl y Auris cruzaron la brecha. Los guerreros cerraron la pesada puerta por donde habían salido y corrieron hacia la muralla sónica una vez la cruzaron, todo fue silencio. Solo respiración, jadeos, sollozos.

— ¿Dónde está la Muralla? ¿Por qué no nos protegió? Preguntó uno de los rescatados. Auris no supo qué decir.

Gabryl dijo:

—Porque olvidamos que el sonido más fuerte... es el del corazón humano.

ECOS

Pronto llegaron muchos voluntarios listos para ayudar a los rescatados, los guerreros se fueron a su lugar de descanso.

ECOS

La Decisión

El Consejo de Tierra estaba reunido pero no en su lugar habitual. En esta ocasión, el lugar elegido fue el Observatorio que era una cúpula suspendida entre capas de roca y cielo, con paredes transparentes de un material súper resistente que permitían ver la superficie, donde descansaban los animales gigantes. También se podía ver el firmamento con su negrura cósmica. Representantes de varias ciudades estaban presentes. Todos habían sufrido incursiones furtivas de los monstruos.

Tenían que tomar decisiones fuertes y rápidas. Habían llamado a los jefes de escuadrón Gabriel, Auris para que rindieran su informe, También estaba allí Miguel, jefe guerrero, guardián de la muralla sónica de la ciudad de Boteron, audaz, que no le temía a nada y que usaba una espada de luz en vez de la espada sónica.

Las imágenes de la operación de rescate circulaban en la Red del Uno, todos los miembros del consejo observaban en completo silencio. La sala estaba sumida en una penumbra inquieta, se mostraba en las paredes los momentos clave: los cuerpos famélicos liberados de las jaulas óseas, los enfrentamientos con los centinelas saurios, y la criatura que se detuvo a mirar a Gabryl sin atacar.

—No podemos seguir viéndolos como simples bestias. No atacan al azar. Eligen cuándo y cómo. Dijo la Consejera Marth, con una mezcla de repulsión y asombro.

—Han creado un método. No es inteligencia superior, no aún... pero sí una estrategia predatoria. Han aprendido a almacenar alimento humano. Eso es lo que más nos debe alarmar. Respondió Gabryl

—Los patrones son claros: entraron por las brechas cuando colapsó la Muralla, se desplazaron por rutas antiguas, utilizaron cuevas que coinciden con antiguos refugios humanos, no improvisaron, se adaptaron. Dijo Auris

—Adaptarse no los hace civilizados. Los convierte en depredadores más peligrosos. Son carnívoros que han modificado su técnica. No cazan por impulso. ¡Cosechan! Interrumpió Gabryl

La palabra flotó en el aire: *cosechan*. Como si ya no se tratara de instintos, sino de agricultura de la carne, de racionamiento de vida. En la proyección, una de las criaturas abría una jaula con el hocico, como quien elige una fruta madura. La imagen fue detenida allí. Todos la observaron en silencio.

—No son monstruos inteligentes, pero tampoco son tontos. Son organizados. Tienen una jerarquía, entienden señales acústicas, están evolucionando rápido. No para conversar con nosotros, sino para cazarnos mejor. Continuó Gabryl

—No nos confundamos, ellos no buscan contacto, lo que buscan es alimento. Ya entraron a nuestra ciudad una vez y no fue un error, fue una exploración. Lo peor es que ahora saben que aquí pueden encontrar carne viva y fácilmente almacenable. Dijo Auris

—Habrá más ataques, presiento que vendrán en oleadas. Tenemos que agilizar el plan de evacuación, hemos aplazado el momento, pero ya Luc-08 está cerca, es ahora o nunca. Dijo Évia.

Las imágenes fueron cambiadas en la pantalla gigante, se observaba un resplandor que se acercaba cada vez más era el meteorito elegido, Luc-08. Los sabios de las colonias, los constructores de Arrobo, los arquitectos de Restrepon, los ancianos de Palaús y los creadores de las estaciones espaciales estaban conectados por la Red del Uno. Tenían que tomar por unanimidad una la última decisión; abandonar la Tierra.

Gabryl y Auris se quedaron en silencio con la mirada hacia la pantalla.. La sala no tenía tronos ni asientos. Se debatía de pie, mirando el cielo.

—Luc-08 se desvió de su órbita hace diez ciclos. Su curso es inevitable. La única opción es dirigirlo con precisión hacia la tierra para destruir los núcleos mutantes. Dijo AnMari de Palaús, la neuro-acústica.

— ¿Y el precio? —preguntó Évia, sabiendo la respuesta.

Marín, el paleo biólogo, extendió un mapa estelar. Una línea marcada desde el cometa hasta la Tierra. Un punto: "Punto Manual de Activación".

—No puede hacerse por Inteligencia artificial ni preprogramado. Ya lo hemos probado, todas las veces las señales fueron interceptadas. Las criaturas han infectado las redes cuánticas. Necesitamos una activación manual que se haría desde aquí. Este es el laboratorio central de activación, aquí está la estación Umbral. Lo dijo mientras quitaba una cubierta que mostraba un solo computador, sencillo, sin muchos adelantos tecnológicos.

Se hizo silencio absoluto en la sala. El peso del sacrificio caía como piedra en el pecho de todos. Fue entonces cuando Hugo Cornelius dio un paso al frente mientras decía:

—Yo lo haré.

Todos lo miraron con asombro. Él era el más joven, cronológicamente hablando, de los integrantes del consejo.

—He vivido por esta Tierra. He fallado, he construido, he amado… y no puedo irme sabiendo que aún hay algo que puedo hacer. Dijo él.

Auris se le acercó y le dijo en un murmullo

— ¿Estás seguro? Hay otra opción, podrías irte con nosotros, podemos entrenar en Marte y ser parte de la restauración. Hugo sonrió pero no con tristeza, sino con esa paz que solo tienen los que han elegido.

—Mi restauración está aquí. En la luz que dejaré cuando todo arda.

—Eres joven, deja esto a algún anciano. Alguien ya haya vivido mucho. Dijo Santiniano, un científico de alto rango en el consejo.

—No, cuando yo era un adolescente, juré proteger la tierra. Esta es mi misión y estaré aquí, abrazándola mientras siente el dolor del impacto. Los presentes guardaron silencio, mientras los científicos del consejo, asentían con la cabeza.

—Entonces se hará como tú quieras, Hugo. Serás el encargado de la destrucción de los monstruos. Auris, proceda a entregar el cristal. Dijo Santiniano con un tono ceremonioso.

Auris le entregó un cristal de resonancia diciendo:

—Cuando estés listo… canta esto. Es la nota de activación.

—Gracias Auris. A donde vayas, enséñales a tus alumnos a amar con fuerza, a luchar por la verdad y la justicia, con toda su alma y no con miedo. Dijo Hugo.

Todos se retiraron de la sala, solo Hugo Cornelius se quedó en el lugar, sumergido en sus pensamientos, caminando por el salón, hasta que al fin se sentó en una silla frente al dispositivo donde se podía ver un meteorito gigantesco. Cerró sus ojos y recordó aquel momento en que decidió estudiar geología en vez de ingeniería civil, que era lo que siempre había anhelado desde niño.

El recordó ese paseo familiar a las montañas, el lago cristalino donde pescaban y donde él se paseaba en un bote de remos, luego la ascensión a una gran roca desde donde se podía ver todo el valle atravesado por un gran rio, las montañas, los bosques con millares de árboles y sobre todo, se podía respirar aire puro. Fue allí, en ese lugar donde juró cuidar de la tierra para que las futuras generaciones pudieran ver y sentir lo que él estaba viendo y sintiendo.

Fue un golpe duro para su padre, quien creía que un ingeniero civil podría construir edificios, murallas, puentes, carreteras y tendría siempre un trabajo seguro, mucho más que un geólogo. Pero su madre siempre le decía, no importa si no tiene siempre trabajo, lo importante es que sea feliz, haciendo lo que le gusta y no un amargado, porque lo importante no es el dinero, sino vivir cumpliendo tu misión en este mundo. Finalmente, su padre tuvo que aceptarlo, porque era la decisión de su hijo.

— Si mi padre supiera, lo difícil que será para mi destruir lo que siempre he querido y a quien juré defender. Siquiera que ya no está entre nosotros, sería un golpe muy duro para él. Dijo Hugo mientras cerraba las puertas del lugar y se dirigía al comedor.

La Partida

Auris y Gabryl recibieron un llamado a una reunión de emergencia cuando faltaban apenas 30 minutos para empezar a abordar las naves.

Todos los miembros del consejo estaban allí, se veía inquietud en sus rostros. Había doce sabios de las colonias subterráneas, de los observatorios orbitales y del Anillo Sónico, con túnicas de resonancia y rostros envejecidos por años de responsabilidad. Gabryl y Auris estaban también allí, con la decisión grabada en el pecho. Pudieron observar que también estaba el jefe de los custodios de la muralla de Boteron,

Miguel, era una figura imponente de dos metros de altura, con rostro severo, de mandíbula cuadrada, ojos color castaño profundo. Como siempre, estaba vestido con una armadura tosca; el peto de cuero endurecido, remendado a mano. Sobre el pecho llevaba colgado un escudo ovalado, de metal opaco, sin insignias, pero con marcas de hachazos y flechas. Debajo de este, lleva el sensor de la muralla sónica de Boteron, ante cualquier anomalía del eco de su ciudad, Miguel lo sentía directamente en su corazón. .En su cintura colgaba una espada luminosa de hoja curva y corta, En el otro lado llevaba un cuchillo de hueso envuelto en cuero negro, regalo de un viejo enemigo que eligió morir con honor. Sobre su espalda cargaba una lanza de madera oscura, más alta que él mismo, con una punta de obsidiana que lanza rayos de luz que perforaban y traspasaban lo que sea.

Miguel no hablaba mucho. Su voz era baja y directa, como si cada palabra hubiera sido antes evaluada antes de salir de su boca, pero era rápido y contundente en la batalla. Generalmente llevaba su rostro cubierto por el visor oscuro de su casco, pero en esta ocasión llevaba su cabeza descubierta y sostenía su casco con su mano derecha.

—Queremos viajar en la última nave —dijo Gabryl, con voz firme. No por rebeldía ni por miedo, sino porque creemos que nuestra misión es velar por los que queden hasta el último segundo.

Auris asintió, tomando la palabra con su tono claro y sereno:

—Si algo sale mal, si alguien queda atrás, queremos estar allí. Es nuestra forma de honrar la promesa. No podemos abandonar la Tierra antes que ellos.

El silencio que siguió fue profundo, como el eco de un templo vacío.

Fue Pablous de Cruce quien habló primero:

—Entendemos el espíritu de su propuesta. Y no dudamos de su valor. Pero hay una decisión ya tomada. Ustedes no viajarán en la última nave, sino en la primera. Miguel y su grupo serán los últimos, ellos se encargaran de defender hasta el último humano que quede sobre la tierra, con excepción de Hugo. Gabryl frunció el ceño. Auris dio un paso al frente.

— ¿Cómo?

Santiniano, el astrofísico más longevo, continuó:

—La humanidad necesita más que héroes. Necesita formadores. Necesita custodios de sabiduría en las colonias que van a nacer. Ustedes han demostrado que no solo saben pelear, sino cuidar, enseñar, transformar. Por eso irán en la primera nave. Porque desde su llegada comenzará la nueva instrucción de los jóvenes en Marte y la Luna. No hay tiempo que perder.

—Y no estarán solos. En cada nave irá uno de nosotros, un miembro del Consejo, para salvaguardar los valores que nos sostienen. Para asegurar que allá donde vayan, la humanidad no olvide cómo llegar a acuerdos, cómo sanar, cómo recordar. Agregó Évia, la paleo bióloga

—El Consejo no termina aquí, solo se fragmenta en semillas, para que florezca en múltiples tierras. Dijo AnMari.

Auris y Gabryl intercambiaron una mirada larga, de esas que cargan años en segundos. Luego, Gabryl asintió.

—Entonces... así será.

—Gracias. Sean no solo protectores, sino jardineros de la nueva era. Dijo Santiniano.

Las luces descendieron lentamente en la cúpula y un zumbido profundo vibró en el suelo. La primera nave ya esperaba. La cuenta regresiva había comenzado.

Y mientras cada miembro del Consejo se dirigía a una nave distinta, portando los códices del saber y las melodías del alma humana, la humanidad se preparó, no para huir, sino para sembrarse de nuevo entre las estrellas. Los últimos refugios humanos se preparaban para el éxodo.

Desde el centro de Arrobo, un anuncio vibró en todas las ciudades subterráneas, en todas las mentes enlazadas por la Red del Uno: "Comienza la Partida. Familias con niños de cero a cinco años: embarque inmediato. Nave uno y dos. Pilotos Roco, posición activa."

Las compuertas que conectaban las cavernas profundas con las plataformas de despegue se abrieron como párpados antiguos. De ellas salieron miles de personas, ordenadas no por jerarquías sociales, sino por el grado de vulnerabilidad de sus hijos. Ellos caminaban en orden, sin prisas, como si no quisieran abandonar el planeta al que le debían la vida.

Los primeros en subir fueron los más pequeños: bebés envueltos en mantas, llevados por madres de ojos inflamados de tanto llorar, padres con mochilas llenas de esperanza y miedo. Las cápsulas vibracionales se cerraban con un zumbido suave, como una nana tecnológica.

Por la puerta trasera de cada nave ya habían subido los animales domésticos, las plantas y árboles para asegurar la alimentación de los viajeros, pero también para facilitar la vida en el destino final. No se embarcó ningún animal con ADN manipulado, aunque las vacas gigantes daban buena cantidad de leche y carne, fueron dejadas. Ellos estaban huyendo de aquellos animales manipulados genéticamente y no querían saber de ninguno más.

Cada nave era piloteada por un miembro del Escuadrón Roco, ellos eran los más veteranos, los que ya no combatían, pero que conocían los cielos como si fueran parte de sus huesos. Hombres y mujeres de cabello blanco, mirada firme, con manos que ya no temblaban porque estaban listos para comenzar un nuevo viaje, en cada nave viajaban 7 tripulantes jóvenes que ya habían manejado naves, pero que su pericia y experiencia no podía compararse con la de su comandante.

Después vinieron las familias con niños entre seis y once años. Luego, las familias con adolescentes. Cada grupo era recibido por cuidadores entrenados y educadores en frecuencias armónicas que hablaban con la voz del consuelo. Finalmente abordaron las familias con personas mayores de cuarenta años.

Auris y Gabryl, despegaron en la nave número uno. Asegurado en su asiento, el joven observó a los más pequeños dormir, ignorantes de la historia que llevaban en su sangre. Auris, con los ojos rojos, murmuró:

—Esto no es abandono. Es un traspaso.

ECOS

El Impacto

Era el año 2038, en el centro de la Tierra, un hombre joven, Hugo, geólogo con solo 34 años de edad, quien había pasado su vida tocando la roca, oyendo los susurros del magma, sintiendo los latidos tectónicos como quien escucha un corazón, quien había sido uno de los más fervientes defensores de la conservación terrestre, quien había llorado la primera vez que una criatura destrozó una montaña sagrada. Ahora, él sería quien debía destruir lo que tanto amaba.

El meteorito LUC-08 venía girando en espiral desde el cinturón de asteroides. Su masa contenía energía suficiente para colapsar el núcleo terrestre, destruir a los híbridos, reordenar el eje... terminar con todo.

El laboratorio Umbral, donde Hugo esperaba, estaba sellado. Ningún humano más quedaba en la superficie. Solo él y la consola de activación manual, que requería un gesto humano. Era la presión exacta de dos manos, el canto de una nota clave. Nada de inteligencia artificial. Nada automatizado. Solo decisión.

En la pared frente a él, se proyectaba el avance de las naves como estrellas saliendo de la atmósfera de un planeta moribundo. Hugo pensó en sus hermanas y hermanos, ahora camino a Marte junto a su madre, quien le enseñó a amar las piedras como si fueran seres vivos y en los bosques ya calcinados por las criaturas que nunca debieron haber existido.

Colocó las manos en el panel, confirmó que unas naves seguían su trayectoria hacia Marte, otras se habían posado sobre la superficie lunar, lejos del impacto que se avecinaba. Se acercaba el momento, escuchó ruidos salvajes y observó como las inmensas criaturas trataban de derribar el muro cristalino que las separaba de él, estaban ansiosas de sangre o quizá, ya sabían que el final se acercaba.

En las naves ya alejadas de la atmósfera, el silencio del espacio era un canto sin letra. Los pasajeros miraban en pantallas transparentes la última imagen de la Tierra: azul, desgarrada, cubierta por un manto de cicatrices y relámpagos púrpura que danzaban como señales de un final anunciado.

En una de esas naves, Auris y Gabryl sostenían la mirada fija en la imagen. A su alrededor, niños dormidos en cápsulas de descanso. Otros, un poco mayores, cantaban suaves melodías de despedida, enseñadas por educadores que sabían que no volverían.

—No sabía que dolería tanto mirar hacia atrás. Dijo Auris, con la voz quebrada.

Gabryl apretó su mano.

—No estamos abandonando la Tierra. La estamos llevando en nosotros.

Mientras tanto, en el laboratorio Umbral, Hugo ajustaba los últimos parámetros de trayectoria. Frente a él, el panel pulsaba con una luz dorada: la señal de que el Luc-08 estaba en posición.

Pero Hugo no activó aún. Se levantó de su silla y caminó dentro del laboratorio, sin prisas, como dándole un último adiós a su tierra amada. Pasó los dedos por una roca antigua incrustada en la pared: una obsidiana con venas de cuarzo, recolectada del corazón del Amazonas antes de que cayera. Luego, por un mapa de placas tectónicas que él mismo había dibujado a mano, cuando aún soñaba con salvar los continentes.

En una repisa flotaba un cuaderno. Lo abrió. No era científico, era personal en el escribía cartas, una a cada ser amado.

"A mamá, que me enseñó que la Tierra era una hermana, no una herramienta. A mis hermanas y hermanos que ya están viajando al futuro, sin saber cuánto los he cuidado desde las sombras."

"A mí mismo, niño de siete años que dormía entre piedras y escuchaba volcanes en los sueños... perdóname por lo que voy a hacer." Se detuvo. Suspiró. Habló en voz alta, aunque nadie escuchaba.

—No quise ser un héroe. Solo fui un humano que amó demasiado esta tierra redonda flotando en el vacío. Miró la pantalla, ya no podía esperar más, era el momento. Con dolor, pulsó el cristal de activación, este vibró.

Hugo cantó, una sola nota, pura, final. La sala se iluminó. El meteorito recibió la orden final cambió de dirección. Su núcleo se encendió. Comenzó su descenso.

Hugo no lloró, solo se sentó, en silencio, en el centro del laboratorio. Sacó una pequeña piedra de su bolsillo: una geoda que había encontrado de niño, y que siempre llevaba con él. La sostuvo como si sostuviera a la Tierra misma, esperó, respiró hondo. Pero al ver la cuenta regresiva, algo en él titubeó. El instinto de supervivencia rugió, el miedo ancestral que todo ser humano lleva codificado le gritó en los huesos. El científico dio un paso atrás.

—No… no… Murmuró.

En un segundo, su mirada recorrió todo el laboratorio. Fue entonces cuando la vio. Una caja de carbono irrompible, totalmente transparente. Casi olvidada en una esquina. Hugo corrió. Abrió la compuerta. Se deslizó dentro justo cuando el meteorito cruzaba la atmósfera. No era por cobardía. No era por esperanza. Era por testimonio.

Cerró la compuerta. La cápsula se selló con un susurro metálico. El interior era limpio, estéril, pero ofrecía una vista sin distorsión. Hugo lo vio todo desde allí por la pantalla de mando. El meteorito tocó la atmósfera como un dedo de fuego. El cielo se volvió rojo. La tierra tembló con un rugido sordo, como un animal despertando del centro del mundo. Las montañas colapsaron sobre sí mismas. Los océanos se encendieron. Una ola de luz brotó desde los polos.

Una tormenta blanca, salvaje, inesperada. Era como si el planeta, en su agonía, quisiera cubrir sus heridas. Desde el norte, desde las cumbres, una ola gélida descendió. Vio cómo el laboratorio era cubierto, cómo la luz se volvía blanca, cómo el mundo desaparecía tras cristales de hielo.

La urna dio varias vueltas y dentro, aún con aliento, en la oscuridad absoluta, Hugo dijo en voz baja:

—Te dolió, ¿verdad, Tierra? A mí también. Y cerró los ojos.

Y por un instante, solo por un instante, creyó escuchar la Tierra susurrarle:

"Gracias."

Luego vino la nieve. Los nidos de los híbridos fueron desintegrados. Las ciudades extintas quedaron bajo lava.

Desde el espacio, los humanos en las naves observaron el cielo terrestre prenderse en fuego. Una línea roja descendía, atravesando nubes negras, envolviendo la atmósfera como una lengua ígnea.

Con el impacto. La Tierra vibró, se movió, el eje planetario cambió. Vieron columnas de luz que escapaban del subsuelo. El cielo se volvió rojo y luego, fue cubierto por la oscuridad, gigantescas nubes de humo lo tapaban todo.

En la nave, Auris lloró en silencio. Gabryl la abrazó.

— ¿Crees que alguien haya quedado? — preguntó ella.

Gabryl no respondió. Miraba hacia la Tierra como quien vela a un anciano amado.

—Quizás… solo uno.

ECOS

Amor en Marte

Marte no era silencioso. Solo hablaba en otro idioma. Los valles de roca roja crujían bajo sus pasos. El cielo no era azul, pero tenía una melancolía dorada que recordaba atardeceres antiguos. Las colonias marcianas se levantaban como cristales de sal sobre el polvo seco, alimentadas por el conocimiento salvado, por la música de la Tierra y por la voluntad de no repetir los errores.

En el núcleo central de la Nueva Arrobo, Gabryl y Auris caminaban en paralelo. No hablaban mucho. Cada uno guiaba su propio escuadrón: jóvenes con la mirada limpia y el cuerpo aún torpe, pero con corazones dispuestos a escuchar.

Gabryl los entrenaba en combate terrestre. No como un militar, sino como un sembrador de reflejos. Les enseñaba a leer el terreno, a sentir la intención antes del movimiento, a usar el cuerpo como un mapa emocional.

Auris, en cambio, se encargaba de la armonía interior. En una cámara de gravedad variable, guiaba a los nuevos guerreros a entonar cantos de resonancia, a equilibrar las emociones antes de cualquier ataque. Ella decía que un corazón en calma podía vencer incluso a la muerte.

Ambos lideraban sin competir. Uno comenzaba donde el otro terminaba. Pero al final de cada jornada, cuando los jóvenes se dispersaban, ellos dos permanecían cerca del Gran Cristal Respirante: un núcleo de cuarzo que almacenaba frecuencias humanas. Allí no había órdenes. Solo silencio. Solo ellos.

Una noche, el cristal pulsó con una nota baja. Auris la reconoció.

—Es la nota que activó el meteorito —susurró—. La nota de Hugo.

Gabryl cerró los ojos.

—Nos salvó a todos. Y nadie sabe si aún vive.

—Pero vive en nosotros —dijo ella.

Gabryl la miró. Lenta, profundamente. Como si aún no se atreviera.

—A veces pienso en lo que no dijimos en la Tierra —confesó.

—Y yo pienso en todo lo que podemos decir aquí. Respondió Auris, sin bajar la mirada.

Se acercaron. No hubo beso. No hubo promesa. Solo una mano sobre otra y un suspiro compartido.

En Marte, bajo cielos distintos, rodeados por ecos del mundo perdido, Gabryl y Auris decidieron amar sin apuro, sin urgencia, pero con todo el peso de lo verdadero. Era un amor sembrado sobre las ruinas y dispuesto a florecer.

ECOS

Acerca de la autora

Nacida en Colombia y actualmente radicada en Estados Unidos, Lucarbo, la autora de ECOS ha dedicado su vida a la creación literaria con un propósito profundo. Cada una de sus obras de ficción es una invitación a la introspección y al crecimiento personal; un llamado silencioso que solo el lector verdaderamente dispuesto logrará descubrir. Sus historias, cargadas de realismo y emoción, giran siempre en torno a la superación, el poder de la voluntad y la transformación interior.

Entre sus títulos más reconocidos se encuentran Del consultorio a la cárcel, El sobador, Felicidad, El culebrero, Cómo escribir un libro de ficción, Jorge y Elvia, y Secreto presidencial. Además, ha incursionado en la literatura infantil con la serie bilingüe Las aventuras de María Antonia, disponible en español e inglés, la cual ha sido muy bien recibida por padres y educadores por igual.

La autora no solo escribe historias, sino que crea universos que desafían al lector a ir más allá de la superficie. Sus libros no son solo ficción; son espejos, caminos y a veces, respuestas.

ECOS

Libro editado por:

EDITORIAL
BEST SELLER

Editorial Best Seller

Hackensack NJ 07601

info@editorialbestseller.com

www.editorialbestseller.com

LUCARBO